居場所がない団塊世代のあなた方に

阿弥阿礼
Amino Arei

幻冬舎MC

居場所がない団塊世代のあなた方に

目次

序章

この本を手に取っているあなた方は、かつて「ヤング」と呼ばれ、「ハイティーン」と称され、一世を風靡《ふうび》し、戦後の日本を復興させ、繁栄を期待され、もて囃された人々の集団であった。

思い出してほしい。

あなた方は、日本の高度経済を築き、発展させた団塊の世代のメンバーであった。今では、必ずしもあなた方が活躍した世代を引き継ぐ世代の人々から、畏敬あるいは尊敬の念を持って迎えられてはいない。

自問してほしい。

そのあなた方が、日本の発展を願い、活躍していた時の、あのエネルギーと情熱、自信と自負、誇りと栄光を、今、どこに隠匿し、蔵《しま》い込んでしまったのか？　あなた方と、あなた方の後継者である、若年世代との間に何の齟齬があったと言うのか？

今、「あなた方の心地よい生活」と、「精神的に充実しゆとりのある生活を感じる空間と、居場所」がないのはなぜなのか？　あなた方の行動の、何が悪かったと言うのか？　あなた方は、果たしてこれからも、日本の歴史の中で、「2025年問題」と揶揄され団塊の世代という括りで過去の遺物として、医療費や年金を消費する後期高齢者と言われ蔑まれ、無視され消え去って良いのか？

あなた方の中には、働き過ぎて、過労死で亡くなった者もいる。あるいは、精神を患い自分で命を絶った人もいる。

かつて団塊の世代の多くの学生たちは、自らの理想とする戦後の日本の教育制度と、新しく改革され創生される日本を、後継者に引き継ぐべく学生運動を起こし、行動した。当初、学生運動の動機は、大学や政府などの外部勢力の干渉を受けない「学問の自由」を守るための学生主体の自治を確立することと、大学運営の透明性や、旧態然とした教授会の体質改善、教育環境の改革を強く求めることにあった。学問、研究の自由を基盤に、社会体制の矛盾や、社会問題、政治問題に対しての問題提起をしたが時間が経過するに従い、理想とする教育改革の方向性と目指す教育の最終的目標が異なるという思考的乖離と、矛盾が浮き彫りになった。その結果、方向性と最終目的を解決する明確な道筋を示すことができず、新しい学生運動は迷走しながら展開されていった。

彼らは「戦争を二度と繰り返さない」ための平和運動と、反戦運動に取り組み独立」「反資本主義」「反帝国主義」を掲げてデモや抗議活動を展開したが、外部やあるいは内部勢力によって計画され、誘導され、先導される中で、運動は方向性を見失い迷走し挫折していった。

しかし、彼らは、高校、大学を卒業した後、教育改革と社会を変革するために、反旗を翻したという行動と、改革が失敗し、変革できなかったことへの精神的な呵責を抱きながら、入社試験では何もなかったように社風に迎合する模範回答を用意し、採用され、企業社会に潤滑剤の如く自然に溶け込み、戦後の資本主義経済の体制の中に、機械の歯車の一部として組み込まれ、順応し馴染んでいったのだ。

学生運動の中で、若くして道半ばに夭折した人々もいた。彼らは、何のために行動し、何のために死んでいったのか！　あのパワーで、日本を変えようとし、理想的な国づくりを目指し行動し闘ったあなた方は、現在、評価の対象にもならず、役割を終えた厄介者、あるいは過去の遺物として葬られ、何も期待されず放置されている。

忘れないでほしい。

戦争で破壊され、焦土と化した日本を新しく生まれ変わらせるために、繰り返される日々を、肉体と精神を酷使し、心身ともに疲れ果てながらも、その日の課せられたノルマを達成しなければならないという極めて限界に近い労働環境を、精神力でこなしていたことを。経済的には貧しく、生活は豊かではなかったが、家族と一緒に築いたマイホームに誇らしい気持ちで帰った時のあの喜びを。

仕事を終え、玄関に入ると、子供たちが、無邪気に、駆け足で寄ってきて、「お父さん、お母さん、お帰り！　お疲れ様。お腹が空いて死にそう。早く一緒にご飯を食べよう」と溢れんばかりの満面の微笑みで迎えてくれた時の感動。そして、抱き上げた我が子をしっかりと抱きしめた瞬間の、なんと至福で充実した時間であったかを。

あなた方はかつて、子供たちのヒーローでありヒロインであり、偉大な父、母であった。

物質的な豊かさと、衣食住に不自由のない生活が送れる戦後の、現在の日本の歴史を創生したのは誰であったのか？　今のあなた方は、贅沢さえ言わなければ生活に何ら不自由はない。

思いとどまり、振り返って考えてほしい。

戦後、あなた方の望んだ日本の姿と、求めた社会形態、理想とした美しい日本の姿とは何だったのかを？

今、その想いは現実に、実現されているのか？

一度、進む方向を誤るとそれは一期の過ちとなり、ボタンのかけ違いと同じように歯車が狂っていく。

戦後、80年が経過した。

現在、日本は国家として経済的には円熟している。今後、さらに繁栄していくという国家目標と、高度成長後の最終目的であった環境汚染のない社会、そして国民を中心とする格差や貧困がなく、都市と地方の格差がない社会を構築する必要がある。

家の鍵をかけ忘れて外出しても、安全で安心して暮らせる平和な日本社会を築くために、次の世代を担う後継者に、引き継ぎ申し送る責任と義務がある。

実際、あなた方は、世界に誇れる日本の風土と自然や伝統文化、歴史的な景観、社会的な調和を理想国家像として、意識し共有し、凛として新しい日本を創生しようと行動し運動を継続してきたはずだ。

しかし、今、子供時代を過ごした美しい故郷は、どこへ消え去ってしまったのか？美しい山々は削られ異様に変形し、美しい景観は無視され、山肌にぞんざいに置かれたソーラーパネルや、いまだにＰＭ２・５による大気汚染や、排気ガスで汚れ剥き出されている都会の空気は健康被害をもたらしている。

環境問題は、日本をはじめとし世界的な規模で、地球温暖化による異常気象、ゴミ問題、海洋汚染、森林破壊、水質汚染など、解決しなければならない多くの問題に直面し、人類の生存と存続の危機となっている。一方、国民は、マスコミ、マスメディアによる、「地球温暖化（気候変動）の阻止、脱二酸化炭素社会を目指す」という言葉に呪縛され、作為的、意図的に、一部の企業に利益が誘導され実行され、いまなお、日本の自然は破壊され続け、かつて少年期を、過ごした故郷は、荒れ果て、過疎化が進行している。

現在の日本社会が抱える複数の問題が解決できず山積している原因は、どこにあるのか？

あなた方が、国民の主権の代弁者として選挙で選出した政治家の職務は、法律の制定や改正、予算の審議・決定、政府への質問・監視、地元選民との連絡調整などであるはずが、一部の政治家は、既得権に胡座をかき職業として、世襲、家業化され、汚職にまみれ、国民の安定したゆとりのある生活には、ほぼ関心がない。

国民は、無視され置き去りにされている。

彼らは、国民の生活には無頓着で興味がなく、選挙で落選しないために、また、自らの地位の保全のために大部分の時間を割いている。

彼らを、オンブズマンとして監視できない責任は、十分に我々にもあり、責任を負わなければならず、我々も変わらなければならない。しかし、現代の、日本の礎を築き、その繁栄の基礎を築いたのは我々であったはずだ。

矛盾に気付いてほしい。

世代間には考え方の相違はあるが、現在の若者たちが希望し、自己の夢を叶えるために費やす時間は、ほとんど受験勉強に費やされている。個人の持つ才能を伸ばし、生かす教育とは違う誤った教育方針のために、競争社会に放り込まれ、エネルギーの大半を受験勉強に費やし、毎日、疲れ果て、自分の将来設計もできず、何を目的に人生を送るのかも見失い、生きる喜びを見出せない若者たちがなんと多いことか！

日本人である事に、誇りを持ち、新しい国づくりのために夢を語り、あなた方、団塊の世代が夢見た理想の日本と、引き継がれる世代が、同じ国家観を共有し、ともに実現する必要がある。

この本を手に取っているあなた方は、今、なお生きている。髪は白くなり、皮膚は乾燥し汚れ、染みで艶を失い、その額には、戦後の日本を創り上げた歴史が刻印されている。それでも、まだ将来の日本の歴史を刻む力は残っているはずだ。

年だからと言う都合の良い言い訳をして、余生をのんびりとして過ごすなどという逃避行動はしてはならない。先送りした数多の問題を放置しても、無視してもならない。

あなた方には今でも、今後、創生される日本の将来に貢献する十分な責任と義務があるのだ。もし、何かが変容し、誤った方向に進んでいる日本の未来に、危機感を抱いているならば、さらに理想とする日本社会を目指すならば、直ちに行動するべきだ。

エンディングには、まだ早く遠い。この本を、読み終えて、自分の歩んだ人生を思い出して、振り返ってほしい。

あなた方が子供の時、抱いた夢は何であったのか？　そして、その夢は実現できているのかを？

そしてあなた方が描き希望した日本の姿が目の前にあり、存在しているのかを？

繰り返すが、あなた方が望んだ近い将来に実現される美しい日本の姿を、思い描き、感じてそして想像してほしい。

今、行動する時だ。

あなた方が培ってきた貴重な経験や知識、後継するべき技術や精神を、これからの世代に受け継ぎ次の世代に申し送りし、新しい日本を創り直すという使命が託されているのだ。

この小説ではベビーブームに生まれ、競争社会を生き抜き、日本の高度成長の一翼を支えた幸三という少年に光をあて、その人生を通じて人生の目的、死生観や幸福感について描いた。

この小説をいまでも偉大で光り輝いている団塊の世代の人々と、これからともに新しい日本を創世するために活躍するあなた方の後継者たちに捧げる。

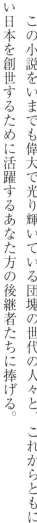

第1章

薄桃色の甘い香りのする小さな花が咲く杏畑を、勢いよく走り抜けた。小高い丘があり、そこは幸三が、この村で一番心が落ち着くお気に入りの場所だった。

ここに来て、清々しい青草の匂いと発酵した甘い土の香りを素肌で感じ、はるか下の谷底を勢いよく流れる渓流が奏でる「ザアーバシャバシャ、ザアーバシャバシャ……」という音、飛び散る水飛沫の音と、谷底から湧き立ち上がる生臭いイオンを、胸が張り裂けそうになるほど、勢いよく吸い込んだ。

子供であれば、誰でも抱く、漠然とした当てのない目標に向かい、「今日も、頑張るぞう!」と目の前に広がる白いコブシの花が点在する樵木山に向かい、鼓膜が破れそうな大声で叫んだ。

早朝の空は、薄青色に染まり、小鳥の囀りがわずかに響く。透明で冷たい空気が満ち溢れ、眼前には金色の朝日に彩られた山々が広がっている。

岡山県と兵庫県の県境の人口700人余りの集落が幸三の住む村だった。

幸三は、戦前に栄養失調のため疫痢に罹り2歳で亡くなった長男勇一、戦後に生まれてまもなく赤痢で亡くなった次男、貞二の弟として生まれた。

平岡家の三男として生を受けた幸三は、両親に跡取りとして大切に大事に育てられた。

家は、木造平屋建てで、屋根は茅葺で、部屋が5つあり、縁側に面した南向きの仏壇のある10畳の客間、夫婦の寝室、居間と食堂を兼ねた8畳の部屋と、幸三のための子供部屋と2畳ほどの風呂場があった。便所は、母屋から4メートルほど離れた北側に位置していた。

父雅之は戦後、満州から帰国した。復員後は隣町の製材所で働き、その稼いだ賃金で家計を支え、母美弥は、猫の額ほどの4畝の畑と、開墾された5反の杏畑の手入れで忙しい日々を送っていた。

幸三は、決まりきったいつもの朝の儀式が終わり、後ろを振り返った。

その直後、美弥の悲鳴にも似た金切り声が畑に響いた。「もう、聡ちゃんはさっき家の前を通り過ぎて学校に行ったよ。早く行かないと遅刻して先生に叱られるよ。早く、早く行きなられー」

これはいつも、繰り返される母の決まりきった台詞であった。コトコトッ、コトコトッ、コロッコロッと持ち手が短くなった鉛筆と、使い古して小さな塊になった消しゴムがランドセルの中で、踊るように音を立てる。その音を聞きながら、杏畑から滑り落ちそうな勢いで、丘を駆け下り、やや泥濘《ぬかる》んだ、真っすぐな農道を走り抜けた。自宅の前を通りすぎる際、幸三は叫んだ。「母ちゃん　行ってくるねー、いっぱい勉強してくるけん！」そう言い捨てると、美弥の前を、猪のような勢いで駆け抜けていった。

幸三の通う小学校は家から500～600メート先の平坦な山の麓にあり、裏山の稜線から続くブナ林で囲まれた開けた平地にぽつりと建てられていた。

小学校は、こぢんまりとした平家建ての木造校舎で、教室は廊下に沿って横1列に並んでいた。奥には、狭い校長室と用務員室、オルガンが置かれ音楽室を兼ねた広い作業台がある理科室、冬には暖を取るためストーブが部屋の真ん中に置かれたストーブ教室があり、低学年用と高学年用2つの教室があった。児童は1年生1人、2年生が2人、3年生が1人、5年生が1人と4年生が1人。6年生は3人で、隆と幸三、聡子《さとこ》の、合わせて9人がここで勉強していた。

教室の引き戸は、長い年月で、建て付けが悪く、閉めても隙間があり、冷たい空気が遠慮なく通り抜けた。廊下は、運動靴の摩擦ですり減り、床板の木目が美しいレリーフのように浮かび上がっていた。歩くたびにギイギイ、キイキイと、外れかけた釘や老朽化した床板が耳障りな音を立てるが、幸三にとっては長年聞き慣れた、どこか心地よい音色だった。

建てられてから60年余りが経ち老朽化が激しく、来年3月には、閉校が決まっており、今年がこの学校で勉強する最後の年であった。

学校の前の道路は幅6メートルほどで、4キロ先の町へと続く唯一の幹線道路に面している。

色褪せ、ペンキが剥げ、朽ちかけた古木でできた学校の正門は、少なくなった生徒たちをいつも優しく迎え入れていた。

幸三は、「はあはあ」と息を切らせながら正門をくぐると、急いで欅の木で作られている框《かまち》で靴を脱ぎ、生徒用の靴箱に靴を放り込み、上履き用の白い運動靴に履き替えた。そして教室に飛び込み、聡子が座っている横の、使い古された粗末な木の椅子に、ドシッと腰かけた。

「遅いね、もう先生が来るよ。幸ちゃんは、いつも、ギリギリだね」

聡子はいつものように、息せき切って落ち着かない幸三の態度にはなんの興味も示さず、教科書の文字に目を走らせ、呆れたように、ぞんざいに言い放った。

隣の席の聡子は、色黒の皮膚に、くりくりした目が印象的な丸顔。背は低く痩せていたが、田舎の女の子らしく、快活で物言いはハキハキしていた。

聡子の家は幸三の家から、400メートルほど山を上った坂道の途中にあり、見晴らしが良く、村全体が眼下に一望できた。

村の道は、ラクダの背中のように蛇行していて、近くに見えても実際の距離は子供の足には辛かった。

聡子は家の畑仕事を手伝い、2歳年下の妹の子守りで毎日が忙しい。学校が終わると、すぐに家の手伝いをしなければならないため、急いで家に帰っていった。

幸三は、学校では、4匹のウサギと5羽の鶏の世話をする飼育係を担当していた。餌は、生徒たちの家の残飯や余った野菜の端きれを持ち寄り合せ与えていた。

聡子は、生活係を担当していた。女の子らしい気配りで、生徒の洋服のボタンの掛け違い、手拭いや、爪の長さ、手の汚れなどを調べるのが主な仕事であった。

隆は、体育係であった。

教師は1人だけで校長も兼任していたが、小学校はまもなく閉校となるため、校長も退職することになっていた。

さらに学校には用務員が1人いて、2人で運営や管理が行われていた。当時、1人の教師が校長も兼ねる学校は、戦後によく見られる人員配置だった。戦後の軍国主義教育を反省し、生徒には個人の自由や新しい価値観、そして個人を尊厳するような教育方針に基づき指導していたが、教育資材をはじめ何もかも不足しており、創意工夫をしながらの授業を行っていた。

幸三の学校の校長は、60歳前後の初老の男性で穏やかな人柄だったが、若い教師のような生き生きとした風貌と活気は感じられず、授業への情熱もあまり伝わってこなかった。

学校は、朝7時50分から始まり、午後2時には終わった。その後は、学校の行事と宿題がなければ、村には通う塾もなかったため、自由に過ごす時間が多く、遊ぶための時間は十分にあった。

幸三の遊び相手は、いつも隆であった。隆は、勉強はもともと好きではなく、小学校での成績はあまり良くなかった。農家の次男で、身長は150センチほど。丸刈り頭で体格が良く、力もあり、体を動かすことが得意だった。家の畑でたくさん採れた野菜を、父親が引くリヤカーの後ろから押して、市場まで運んだり、野菜の種まきや、水やりなど子供でもできる農作業を手伝っていた。

性格は明るく物おじせず、大声で屈託なく、子供らしく笑う無邪気さが、隆の一番の魅力だった。幸三の家とは、大声を出せば届くほどの近さで、放課後になると、いつも隆と家の近くの森や小川で遊んだ。

隆の両親は、家の畑や、村内で栽培された野菜を集める集荷市場で働いていた。春は、独活《うど》、ねぎ、ぜんまい、蕨。夏には、杏、紫蘇、葡萄、じゃがいも、とうもろこし、瓜。秋には栗、八頭里芋、黒豆などを集荷し、朝9時から始まる市場の競りにかけて、仲買人に買われた農産物は岡山市内や町の八百屋に卸されていった。

隆は、木登りや、森の探検、蝉、蜻蛉捕りなど、遊びを見つける名人だった。学校へ行く道や、田圃の畦道を歩くときでも、何か、面白い遊ぶ物がないかと、目を輝かせながら遊びを探していた。

7月の初旬の、少し蒸し暑い日、外で遊べる川遊びをしようと思っていた。学校の授業が終わると、隆は、突然、幸三に向かって大声で宣言した。「今日は、魚取りをするから、学校が済んだら網を持って小川へ行くぞ。幸ちゃんはオレの子分だからついて来い！」

幸三は、授業が終わると、すぐ自宅に帰り、家の台所にいた母に、「隆ちゃんと川で魚取りをして遊んでくるから、暗くなるまでには帰る」と告げ、急ぎ足で隆の家へ向かった。

隆の家に着き魚取りの準備をしている間、２人は昨日見たテレビ番組の主人公の活躍などの子供らしい他愛のない話をとりとめもなくしながら時間を潰した。小川は、隆の家から、20メートルほど先の道路脇にあり、川幅は大人の背丈の2倍ほど。川底は子供の膝小僧あたりまでの浅瀬で、土手の両側から雑草が、垂れ下り黒い影を落とし、獲物たちの格好の隠れ場になっていた。

道具は、子供には不似合いなほど大きな四手網とガチャガチャ棒。それに大漁に備えて用意した亜鉛メッキの鉄のバケツであった。バケツは使い古されて底が、茶色く錆びて、側面は波型のきれいな亜鉛鍍金の模様が浮き上がっていた。

隆の背丈をはるかに超える竹棒の先端には、丸い穴の空いた四角い鉄板が3枚取り付けられており、竹棒がそれらを串刺にし、錆びついた釘で上下に固定してある。竹棒を動かすたびにガチャガチャ、ガシャガシャと金属同士が打ち付け合う音がした。小川に着くと隆は、手慣れたしぐさで、右肩に四手網を担ぎ、左手にバケツとガチャガチャ棒を持つ、得意のポーズを決めると、戯けながら勢いよく正方形の四手網を、バシャと小川に放り投げ込んだ。

隆は、四手網を投げ込んだ小川の上流から、竹棒をリズミカルに、ガチャガチャ、ガシャガシャと鳴らしながら動かし、獲物を網に追い込んだ。幸三は、隆の動きに合わせ、小踊りするようにはしゃぎながら付いて行き、獲物が獲れる瞬間を、息を潜めて、じっと待っていた。

10分くらい同じ動きを続けた後、網をゆっくりと引き上げた。

四手網の中には、3～4センチほどの小さな鮒などの小魚が数十匹、アメリカザリガニが2匹、大きなナマズとナマズの子どものピンコロが6匹、さらに四手網の、端隅に追いやられていた青蛙も獲れた。小魚の中には、虹色に美しく輝く、子どもの人差し指ほどの大きさのタナゴが2匹混じっていた。

この動作を数回繰り返すたびに、獲物をバケツに落とし入れると、バケツの中は黒い塊のようになった魚たちがピチャッ、ピチャッ、ピチッと水音を立て、口から吐く白い泡で底は見えなくなるほどだった。魚たちは、バケツの中を右往左往に泳ぎ回り、飛び跳ねバケツから外に飛び出そうになる魚もいた。

田舎の夏の夕暮れは早い。山の稜線は沈む夕日で赤く焼け、黄金色に染まりはじめていた。ナマズは、狭いバケツの中を激しく泳ぎ回わっていた。突然、真っ赤な夕日がバケツに差し込んだ。背中が燻銀のように光を放ち、ピンコロも背の皮膚が金色混じりの赤銅色に輝いた。

「なんて、綺麗だ……」

幸三は金赤銅色に照り輝く妖艶なピンコロの肌色に感激し、大声をあげた。

今でも、ナマズを見かけると、あの時の光景が生々しくよみがえる。

一方、幸三の感動とは無縁の隆は、まるで勝ち誇ったように、大声で叫んだ。

「幸ちゃん、今日も、大漁だ、大漁だ。おまえにも、分け前をやるからな。でも、このたなごは綺麗だから、小川に戻そうっ……。ナマズは父ちゃんに料理してもらい今夜叩いて天ぷらにして食うぞ……」

そう言うと、タナゴを上流の浅瀬に放してやった。

隆との子ども遊びは、楽しく懐かしく、今でもすぐに思い出すことができる心地よい記憶として残っている。

授業は、幸三のクラスは生徒が3人なので授業中は、気が抜けない。昼の手作り弁当を食べた午後の授業では、ときどきうつらうつらして、眠くなる。窓の外を悠々と飛んでいるトンボを見て、「トンボのように自由に飛び出して遊びたい」と思った瞬間に、気が遠くなった。

「こら！　幸三！　何をしているんか！　ちゃんと起きて授業を受けて！　居眠りなんぞしちゃあだめだぞ！」

先生に叱られるほど、田舎の授業はあまりにも退屈であった。

やがて隆は、小学校を卒業し、町の中学に進んだものの、高校には進学せず、村の数少ない就職先である産物集荷市場に両親のつてで就職した。その後、町の学校で偶然すれ違うことがあっても話す間もなく、その後、隆がどのような人生を歩んだのかは伝わってこない。

4月から、幸三も町の中学校に進学した。町は、人口が8万人ほどの山間の町で、地元の林業や農業、大阪から進出してきた工作機械の部品工場、タオル縫製会社などの産業がある。他にも小さな自営商店や、個人飲食店、雑貨屋が軒を連ね、農協組合、森林組合の店舗や製材場などもあった。町役場を中心に、高等学校、中学校、町立小学校、病院、消防署、郵便局、銀行などがそろっている。電車の駅はなく、人々は、バスや、小型三輪自動車のミゼット、ホンダA型やスズキのパワーフリー、自転車などを使って岡山市内へ出かけていた。

中学校は、町に一つだけで、村からは、4キロほど離れているため、子どもの幸三が自転車で通うにはゆうに25分ほどかかった。

ベビーブームの影響で生徒数は急に増え、1年生から3年生までの3学年は各学年8クラスあり、1クラスあたり55人と村の小学校とは比べ物にならない大きさだ。最初は圧倒されたが、中学校で始まる新しい授業や大勢の友達ができることが、嬉しく、幸三の気分は高揚していた。

入学式の当日、中学校の広く開いた鉄製の正面の門をくぐると、大きく美しく、しかも対照的に建てられた白い校舎が目に飛び込んできた。校舎の正面には大きな丸い時計が据えられ、まさに学校然としてそそり立っており、その手前には広々としたグラウンドが広がっている。

左右のコンクリート塀沿いには、緑青色の苔むした太い幹の桜が数本植えられており、子どもの腕をいくら広げても余るほどの太さだ。その桜は両枝を大きく広げ、薄紅色の花を満開に咲かせて、これから始まる新入生の新たな学校生活を祝福しているかのようだった。

ピーヒョロロ、ピーヒュロロ。空は、青く澄み渡り、トンビが幸三を歓迎している。

幸三は町から遠いので、自転車通学が許可されていた。両親が使用していた古い大人用の自転車にまたがると、足先がようやく地面に届く程度で少し不安定だ。転倒しそうになりながらもゆっくりペダルを踏み学校から指定された自転車置き場まで来ると、「ガチャッ」とスタンドを力いっぱい立てた。新たな門出に、幸三の胸は期待でいっぱいだった。

校舎は、村の小学校と違って、近年新築され、さらに生徒の増加に伴い増築もされているため、建物も教室も全てコンクリート造りである。これまで木造校舎に慣れ親しんでいた幸三にはそのモダンな造りが別世界のもののようで、村の校舎とのあまりの違いに目を見張り驚いた。

幸三は、校舎に入り、たくさんの生徒でざわつき、混雑している玄関を抜けると、「1年8組」と書かれた下駄箱を探した。そして、自分の名前「平岡幸三」と書かれた、正方形の中が2段に仕切られた靴箱にズック靴を入れた。

1年生の教室は1階、3年生は3階、2年生は2階で、どの教室も横に広い長方形になっており、校庭からの光を十分取り入れられるよう設計されている。カーテンはなく、部屋は明るい。廊下に面し開放された大きな窓には、分厚いガラスがはめ込まれ、丈夫そうな白いパテで固定されていた。窓枠は、頑丈な鉄製で、群青色に塗装されている。

幸三は、知った友だちがいない不安を感じながら指定の教室に入った。すると、町の小学校から進級してきた生徒たちが、すでに、3~4人のかたまりを作り、大声で笑ったり、教室中に響く大きな奇声を上げたり、とりとめのない話でざわついていた。きっと顔見知りなのだろう。

幸三の教室は男女がほぼ、同じ人数だった。

教室の壁に備え付けられた古めかしい木製の茶色い四角いスピーカーから、体育館に集まるように放送が響いた。生徒たちは教室の黒板に書かれた体育館への案内図を頼りに、やや混乱しながら、無秩序に移動を始めた。

幸三が眼にする体育館は、村では見たことのないほど大きく、空間全体が明るい光を湛えていた。その体育館で始業式が始まろうとしていた。

体育館の正面奥には、紫色の緞帳が垂れ、その手前には演壇が据えられている。5段ほどの階段を上ると正面の袖口から登壇できる造りになっていた。全学年の生徒と校長、教員たちのおおよそ1200人が集まっている。大人と同じくらい背の高い3年生と、2年生が体育館内の両袖に控え、その中央を、幸三たち1年生が行進した。指定された席に到着するまでの間、思わぬ大歓声に鼓動を速めながら、体育館が割れんばかりの拍手で、1年生は温かく、迎えられた。

新入生の席は演壇正面で、右手には2年生、左手には3年生がすでに腰を下ろしていた。新入生が席に落ち着くまで、体育館はざわめいていたが、スピーカから開式の式次の案内が流れると同時に、体育館のざわめきは嘘のように静まった。

司会者の教頭による開式の挨拶から始まり、国歌斉唱、入学の許可、入学生代表宣誓、校長祝辞、校歌斉唱と続き、30分ほどで式は終了した。

やがて入学式が終わると、幸三たちは、上級生の案内に従って、先ほどまでいた教室に戻った。

ふと幸三は、同じく町の中学に進学した聡子の肌の色が小麦色であるのに対して、周囲の町の女の子たちの肌は透き通るように白く、血管すら眼に見える事に気づいた。その肌の透明感が、胸の奥底にこれまで感じたことのない高揚感と戸惑いをもたらし心臓が早鐘を打ち始めた。やはり、何もかもが村とは違う……そう改めて思い知らされ、幸三は自分なりに納得した。

町の子どもたちの洋服は、どれも綺麗で垢抜けている。それに比べて自分の着ている服は、洗濯こそしてあるが、着古されていて、いかにも田舎者らしく思えてしまい、幸三は恥ずかしさで気持ちが萎えてしまった。さらに、友人のいない寂しさも重なり、心が折れそうであった。

しばらくすると、厚手の黒い型で装丁された名簿を手にした男性が教室に入ってきた。その瞬間、教室内は、張り詰めた緊張に包まれ、音が消えた。年齢は24～25歳前後の物腰が優しい男性で、ゆっくりと生徒たちに話し始めた。

「私が今日からみなさんの担任を務める大江学と言います。今年、3月に東京の大学を卒業したばかりの新米教師です。これから、みなさんと一緒によりよいクラス作りと勉強を頑張っていきたいと思います。仲良く楽しい教室にしていきましょう。

「これから、みなさんの名前を、あいうえお順に読み上げますので、呼ばれた人は返事をして立ち上がって下さい。そして、これからクラスメートになるみなさんに元気な笑顔を見せてあげて下さいね」こう、短く挨拶を済ませると、時間がないのか、それとも手順に不慣れなのか、手早めに話し、生徒の出席をとり始めた。

幸三はいつ、自分の名前が呼ばれるか――緊張のあまり心臓の高鳴る鼓動を自覚し不安な気持ちを抑えきれなかった。

教室内の生徒たちは、次々と、名前を呼ばれ、呼ばれた者は落ち着いた様子で椅子から立ち上がり、大きな声で「はいっ！」と元気よく返事をしていた。

幸三は、「これは、しくじる事ができない」と肝を据えて、「落ち着け、落ち着け」と心の中で念じながら、いつ呼ばれてもよいように身構えていた。あ行から始まった点呼が、は行にさしかかったとき、「平岡幸三くん」と呼ばれた幸三は、「はい！」と短く大声で返事し、勢いよく立ち上がった。その拍子に、バランスを崩し、後ろへひっくり返ってしまった。

頭を打ちつけ「いてえー」とあえぎ声を上げると、隣の席からくすくす、と控えめな笑い声が聞こえる。顔を上げると、大きく澄んだ瞳をした色白の女子生徒がやや小柄な体つきを傾けて、じっと幸三を覗き込んでいた。

それが、美智子との初めての出会いだった。

自己紹介を兼ねた点呼のあとは、担任から学校の大まかな行事予定や授業、時間割の説明、そして学級当番の割り当てについての話があった。先ほどの転倒で背中は痛いが我慢して、幸三は一言も聞き漏らさないように、必死で耳を傾けていた。

すると先生が「学級委員長は、男子は……、そうだな……」と間を置きながら名簿を繰り少し間合があり、「男子は、平岡幸三君。女子は加藤美智子さんにお願いします」と発表した。

突然、学級委員長に指名された幸三は眩暈がするほど驚き、頭がくらくらしてきた。後になって分かったことだが、これまでの引き継ぎで、「分校と町の生徒から学級委員長を選出する」という取り決めがあり、分校からの連絡簿には、幸三の名が推挙されていたらしい。

他の委員は、2～4名ずつの構成で生活委員、図書委員、体育委員、放送委員、花壇委員、飼育委員、給食委員などがあり、クラスの運営に全員が関われるように、何かしらの委員が割り当てられていた。

学級委員長の役割は、授業前の連絡会の進行や、調整、出席簿の記入、担任からの伝達事項を毎日、生徒に知らせることと、月1回の学級会で、問題点を話し合う際の司会などだった。

各委員の役割が決まると、担任からの指示で、決められた委員同士が初めての顔合わせを行い、学級会に向けての打ち合わせが始まった。

緊張はようやく落ち着き始めたが、幸三はまだ夢心地のような気分で、何がなんだか分からないうちに、司会を任されることになった。

気は動転していたものの、持ち前の度胸で、なんとかその場を上手に乗り切ることができた。

学級会が終わると、女子の学級委員長になった美智子がそっと近づいてきた。色白な頬をほんの少し赤く染めながら、遠慮がちに声をかけてきた。「私が学校を休んだ時は、授業のノートを貸してほしいの。それから、クラスでどんなことがあったか教えてほしいの」と、不思議に思ったが、断る理由もないので「いいよ。ちゃんと教えるから大丈夫」と軽く答えると、美智子はほっとしたように微笑みをこぼした。

美智子は同じクラスの仲の良い女子にも同じ頼み事をしていたらしい。彼女は町にいくつかある建設会社の一人娘で、小学生の頃から体が弱く、体調が悪いときは学校を休みがちだったという。幸三は、持ち前の優しさから、「頼ってくれるのなら、自分が美智子を支える役目を果たそう」と、ひそかに心に決めた。

幸三は毎朝、登校するとすぐに美智子と一緒に職員室に行き、担任の大江から連絡帳を手渡されると、今日1日の行事や連絡事項を急いで書き込み、そのまま教室に戻って朝の学級連絡会の準備をするのが日課だった。

学校は朝8時30分から始まり、学級連絡会が9時まで。各委員からの報告と提案、学校側からの連絡事項などを申し送りし、各委員の意見を調整するあいだ、担任は自分の机で話の流れを聞きながら、連絡会の進行を確認し記録を取っていた。

授業は朝9時から始まり、午後2時50分に終了する。昼食は学級給食があり12時10分から1時までにとるため、小学校と違い、持っていく弁当は要らなかった。

給食は日替わりで給食委員が、机ごとに温かい食事を配る。幸三にとっては、学校での唯一、ホッとできる、楽しみな時間でもあった。

授業は午前中に3科目、午後に2科目が組まれている。

幸三にとって最大の苦痛は、先生が、教室に入ってきた時と、授業が終わった時に大声で「起立!」「着席!」の号令をかけることだった。合図のタイミングと間合いが難しく、少しでもずれると厄介だ。授業が終わる頃になると、その緊張で心臓の鼓動が高まり、教科書の文字などまるで頭に入らなかった。

かつて小学校で同じクラスであった聡子は3組、幸三は8組と教室も離れ、話す機会はめっきり減っていった。小学校時代の友だち関係もいつのまにか薄れていった。

中学校では文部省、教育委員会の方針で、何かしらのクラブに所属することが推奨されていた。学業だけでは得られない体験や、ストレス解消やコミュニケーション能力、協調性の向上を図るという狙いがあり、特別な理由がなければ、1週間以内に担任へ入部希望を届けなければならず、申込用紙が配布されていた。

美術部や放送部、音楽部、新聞部、理科部といった文化系から、陸上部、サッカー部、バスケット部、テニス部、野球部など運動系クラブまで多くの選択肢があった。走るのが好きな幸三は迷わずサッカー部を選んだ。

サッカーは11人でチームを組み、相手とボールを蹴り合い、手を使わず、足と頭を使いゴールポストにボールを押し込むスポーツで、6人しかいなかった村の小学校では、見たことのない競技で幸三にはまったく未知の世界だった。

ルールはまったく分からないが、入部して覚えればなんとかなるだろうと、楽観的に考えていた。

入学して、数日が経ち、母美弥にサッカー部に入部すると告げた。

部員は、25名で、3年生9人、2年生8名、そして新入生が8名。1年生の中に、高岡貢という生徒がいた。

彼は、中学1年生にしては身長が高く、165センチほど。面長で、目鼻立ちが整っているが、どこか険のある表情で神経質な印象を与えていた。高岡の家は、中学校から2キロくらい離れた町の外にあり、楢林などの落葉紅葉樹林に囲まれた一帯で、秋になると紅葉が見事で紅葉狩りでにぎわうらしい。

中学校に入学する2週間ほど前に、幸三は父に連れられ町へ行き、学生服と学帽、ズック靴、そして斜めがけのテント地の白い学生カバンなどを買い揃えた。

これら制服類は、中学校が指定した生徒むけの専門店があり、教科書も含めてそこで一式を用意することになっていた。新しい制服と新しい部活。幸三にとっては、未知の世界が日常になろうとしていた。

幸三の家は、豊かではないが、それくらいの費用はなんとか工面できた。父雅之は、満20歳で徴兵され満州に従軍し、戦況が悪化するとともに敗走を重ね25歳で終戦を迎えた。

帰国してからの1年間は、自宅で寝たきり同然の暮らしを余儀なくされた。誰かの手助けがなければ身動きさえもままならないほど、体も心も疲弊しきっていた。父は戦争について一度も語ろうとしたことはなかった。兵士としての過酷な日々が夜ごと夢に甦るのだろうか。戦場という偽善のもと、人を殺してしまったかもしれない、あるいは戦友の死に際を目の当たりにしたのか。

時に夜中にうなされて、大声で得体の知れないうわ言を叫び、頭から布団を被り体を隠し、吹き出るような熱い汗を掻いていた。

そのような時、美弥と幸三は耳を塞いで布団に潜り込み、時間をやり過ごすしかなかった。雅之は優しい父で、生涯にわたって一度も叱られたことはなく、無口ではあったが必要な時には、声をかけてくれる存在であった。

高岡の父も、似た運命を背負っていた。満州での従軍ののち、日本の劣勢によって中国南部へ下り、さらに、ネグロス島に移送されたという。そこは、満州以上に、苛烈な激戦地でアメリカ軍やフィリピンのゲリラ兵、日本兵を含む50万人近い兵士が死亡したという。戦地では、銃弾などの兵器や食料、薬などが不足し、突然の奇襲に応戦し相手を殺傷しなければ自分が殺されてしまう戦争の悲惨さで精神を患う兵士も多数出ていた。

高岡の父は、幸いにも生き残り、無事、日本へ帰国したが、二度と元の自分には戻れない心の傷を抱えてしまった。

きっかけもなく突然泣き喚き、大声で独り言をわめき散らすことがある。

時には、数日間無口のまま、一日中家に引きこもり、一言も話さないこともあった。

実際の戦争を知らない幸三には、人の性格を変えてしまうほど過酷で悲惨な体験と苦しみをまったく理解できなかった。

高岡の父は夜、仕事から帰り、酒が入ると、さらに大声を荒げて喚き散らし、母が止めようとしても止まらず、夜中に響く大声は、近所の家々にも及んでいた。戦争が高岡の父をまるで別人に変えてしまったのだ。

戦争がどんな理由で始まり、戦場で何が起こっていたのか……。中学生の幸三には想像すら及ばない。

高岡は、そんなとき、母とともに家の外に出て、父が寝入るまで何もせず、ただじっと耐えて黙って過ごしているのだという。

高岡は言った。

「父の振る舞いが悲しくて涙がこぼれてくるんだ。でも、泣きたくても、夜だから声を出すわけにもいかなくて……。夜空を見上げると、星々は、闇に無数に輝いている。赤や黄色、それにオレンジ色の星もあるし、冷たい白く光を放つ星もある。星々は北極星を中心にめまぐるしく動いていて、その星たちから勇気をもらっているんだ。その中には、自分と同じ辛い境遇の星もあり、それを自分の星と決めたんだよ。星は、何も言わず、あの高い天井で静かに光っている。母も辛いけれど、いちばんかわいそうなのは父なんだ。こんなふうに父を変えてしまった戦争が、俺は憎いし、もう二度と起きてほしくない。悲しいけれど、いつかあそこに光る自分の星が手の届くところに来たら、掴んで母にプレゼントするのが夢なんだ」

夜空にまたたく星々は、何も語らず、ただずっと静かにそこに在り続ける。高岡の言葉を聞きながら、戦争という見えない傷跡が、彼や家族をどれほど追い詰めているのかを痛感した。

明らかに、幸三の家庭とは、違うと思った。いつものようにクラブ活動を終え、夜7時過ぎに自宅へ帰ると、両親は白黒のテレビのニュースを一瞬たりと目を離さず見入っていた。そこでは、安保条約の改定に反対するため、国会議事堂へ集団デモ行進をする学生たちと、それを阻止しようとする警官たちの衝突が映し出されていた。

警察官はヘルメットを被り、棍棒と盾を持ち、学生たちも白いヘルメットを被り睨み合い、その直後に角棒を振り回して、大声で喚きながら、叩き合い、押し争う光景が映し出されていた。

中学生の幸三には、安保条約改定反対闘争の理由も背景も分からず、なぜ、このような闘争と暴力が起こっているのかを理解する知識がなく、想像もできなかった。

本来、学生は大学や高校などの教育機関で学び、社会貢献をするための知識を身につけ、得た知識を持ち、社会に出て、知識を活かし、日本を発展させ、改革する使命があるはずで、一方の警察官たちは、日本の治安と国民の安全を守る役目があるはずなのに、映像はまるで正反対の行動を映し出していてどうにもおかしく思えた。

警察官が、学生を警棒で叩き殴る。「国の混乱を防ぎ、治安を維持するため」という大義を振りかざしての防衛なら、暴力も正当化され許されるのだろうか？

誤った思考や偏った方向性で国体が歪み、独裁による権力集中や専制的な政治が行われ、それに対抗する民主主義が抑制されたら、また戦争への道を歩むことになる……。中学生の幸三でもこれは十分に理解できた。

やがて秋が訪れ、秋祭りの季節になった。学校から400メートルほど先の公民館がにわかに活気付き始めた。秋祭りの準備が始まり、高さが3メートルほどの櫓が組まれ、その周りが踊り場になっていた。

村には、人手がなく、祭りに費やす余力はなかったため、町の秋祭りは、村の人たちにとっても、1年の締めくくりであり、守られてきた伝統を楽しむ大切な行事となっていた。幸三は学校の帰りに、公民館の前を通るたびに、組まれた櫓を見て、「一度は行ってみたい」と胸を弾ませていた。

中学1年生の1年間は、慌ただしさと緊張感に彩られて、あっという間に過ぎ去った。

2年生に進級したが、学校の方針でクラス替えはなく、担任も変わらず1年生がそのまま、2年生に進級した。

2年生になると、早くも高校進学を視野に入れた、県内統一模擬試験が行われ、クラスの話題はもっぱら「どこの高校へ行くのか?」で持ちきりだった。

幸三たちはベビーブームの世代にあたり、競争は激烈を極めていた。

有名学校へ進学し、有名企業に就職して、他人より良い生活を送る。そんな目的のために、熾烈な受験競争が、既に始まっていた。

生徒たちの進路には、高等学校、各種学校、専門学校への進学、あるいは就職という選択肢があり、選択は家庭の経済事情が大きく影響していた。生徒数が多いこの世代では、高校進学率は60~70%と高く、幸三の通う中学校からおよそ80メートルほど離れた公立高等学校は、全国の国立大学に多くの合格者を輩出する名門進学校として知られていた。

しかし幸三にとっては、高校進学はまだ、他人事だった。授業とクラブ活動、さらに村の杏畑の手入れを手伝う日々で忙しく、受験勉強に思いを巡らせる余裕はなく、受験勉強は、まだ、遠い先の話に感じられた。

幸三とともに学級委員長を務める美智子は、1年生の頃から、授業を休むことが多く、友だちのノートを借りては何度も復習を重ねることで2年生に進級できた。しかし今年の夏休みには、心臓の病気の精密検査と治療を受けるため、大学病院への入院が決まっていた。

聡明で機転が利き、町育ちらしい上品な言葉遣いで優しく接するため、クラスメートから「みっちゃん」と呼ばれ親しまれていた。

幸三は、クラスのみんなが仲良く、学校生活が送れるようにと、「仲良しクラブ」というサークルを作り、勉強の苦手な同級生の理解度に合わせて、丁寧に授業の内容を説明したり、一緒に勉強して、授業から取り残されないように気配りしていた。ところが同級生に中には、「エコひいきだ」「人気取りだろう」などと陰口され、嫌味を口にする者もいたが、幸三はそういった批判を徹底的に無視した。「ここはこういう仕組みで、こうすると分かりやすいよ。もし分からないことがあれば、何でも聞いて。大丈夫だから」

そう言いながら、授業の理解しにくい難しい箇所を一緒に復習し、昼休みなどを使って勉強を進めていった。

幸三は、８組の全員が、仲良く楽しい、学校生活を送れるようにと、自分なりに考え行動していた。

６月のある梅雨が晴れた蒸し暑い昼休み。友達に勉強を教えていた幸三は、計算を間違えて鉛筆で間違った答えを書いてしまった。少し離れた場所で午後の予習をしていた美智子に「消しゴム、ある？　貸してほしい」と声をかけ、彼女の机に近づき、消しゴムを受け取った瞬間に、汗ばんだ美智子の肌から匂い立つ、母親とは違う、若々しい異性の香りと、窓から吹き込むそよ風で揺らぐ頸の髪の毛を見て「可愛い」と感じた。

いつも、学級委員としてクラスの進行などを一緒にしているはずなのに、感じた事のなかった異性への感情の噴出に、動悸がして、息が詰まり、胸が高まり、何も言えなくなった。「ありがとう」と言えず、立ちつくし幼いながら美智子を好きになったと感じた。

以来、学校に行けば美智子に会え、話せるという心地良さと、顔を見られるだけで気持ちが和んだ。そして嬉しさに反して、やきもちにも似た気持ちで彼女を独り占めしたいという想いも芽生えていた。

一方、美智子は、責任感が強いため、休んでいるあいだもクラスの友人のことが気になるようだった。彼女の体調を気づかいながらクラスの行事や困りごとなどについて話し合う機会が少しずつ増えていった。その時間は、幸三にとって、胸のときめきと気持ちを膨らませるかけがえのないものになりつつあった。

幸三は、垢抜けてはいないが、素直で責任感が強く、人の言うことを疑わない正直さを持ち合わせていた。負けず嫌いで、どんな小さなきっかけでもクラスメートとの関わりをもちながら分け隔てなく接していた。子供同士の他愛のない話題やテレビドラマの主人公の話でさえ、みんなの心をつなげる大切な糸だと信じていたからだ。

いじめられている同級生を見ると学級委員長という立場からだけでなく、生来の正義感から、「悪事を見逃せない」と思い、いじめをしている生徒たちに立ち向かった。「もし、自分が同じことをされていたら、どう思う? そのようにされたらどうする? 同じクラスの仲間なら助け合おうよ」と根気強く説得し、最初は反発も受けながらも「正しい事をしている」という信念で関わり続けた。その結果、当初は、反発も大いにあったが、教室でのいじめや争いはいつしか少なくなり、穏やかな空気が流れ始めた。正しい事をしていると思うと迷わず、遠慮なく関わり、次第に教室内でのいじめや、争いはなくなっていった。

7月から美智子が長期入院することになり、女子の学級委委員は小川翔子が引き継ぐことになった。

美智子は入院に先立ち、学級委員長として仕事の申し送りをすでに済ませていた。翔子は、小学校からの美智子の大の仲良しで、遊ぶのも、勉強するのもいつも一緒にいたので、まるで姉妹のような存在で、髪は短く背丈は142センチくらいで、男子と間違われるほど、声が大きい。父が、歯科医をしているので歯科医院を継ぐため歯科医を目指し人一倍勉強していた。

「みちちゃん、入院中は私がちゃんとやっとくから安心して入院してくるんだよ！　退院したらみんなでお祝い会をするから、早く元気になって帰ってきてね。クラスのみんなが待ってるからね。これクラス全員で折った千羽鶴だから病室の枕元に置いて、私たちを思い出しながら頑張ってよ」

新しく委員長になった翔子と幸三は、そう言って美智子を励まし、安心して検査と治療ができるように元気付けた。

幸三は、しばらく会えなくなる寂しさと、病気に対して、何もできない無力感に悶々としていたが、「治療して元気になり退院してくれば、また会える」と思えば、なんとか我慢できる気がした。

夏休み前の放課後、クラスの気がかりな問題を2人で話し合っている最中、美智子がふと沈黙したかと思うと、意を決したように口を開いた。

「私、幸ちゃんのことが好きだよ。優しくてみんなに慕われているし、安心して任せられるから。大人になったら、お嫁さんになってあげる。だから、私も検査して、治療して病気を治してくるから。私のために一生懸命働いて、大きな家を建ててね。でも、働かないなら、別れるからね」子供じみた、けれど彼女なりの真剣さがにじむ約束だった。「私、病気と闘ってくる。治ったら戻ってくるから、あとはよろしくね。翔子ちゃんと仲良く頑張って。教室のことは全部、任せたよ」そう言って、美智子は笑みを浮かべていたが、その瞳には、確かな決意が宿っているように見えた。そして幸三の胸はぎゅっと締め付けられた。

美智子は、1学期が終わると、7月下旬から大学附属病院へ精密検査を兼ねた治療のために入院した。病名は、拡張型心筋症という難病らしいと翔子から聞いていたが、病気がどれだけ重症なのか、幸三には分からなかった。それでも自分でも何か力になりたいと図書館で調べてみても、医学用語ばかりで理解できず、ただ「頑張って帰ってきてほしい」と、祈るしかなかった。

7月中旬から夏休みに入った。幸三は2年生だが、競争倍率の高い高校に入学するには、今から準備しないと遅れをとってしまう。普段のんきな幸三でもさすがに「良い高校に入学したい」という気持ちが芽生えてきた。岡山市内には多くの受験塾があり、夏季講習が盛況でいつも満員だと担任が言っていた。しかし村には塾もなければ、塾に通える経済状況ではない。

村の夏は、毎年の繰り返されるアブラゼミの狂おしいほどの、「ジイージイー」という甲高い鳴き声が、10日前後で終える蝉の儚く哀しい一生の最後の輝きを放出するように、目の前の楢、櫟木林から聞こえ木魂する。

それでも山間のそよ風は涼しく、青嵐が吹き抜ける家には、扇風機も要らない。風通しのいい居間から続く6メートルほどの縁側で、ごろりと寝転び、受験参考書を眺めながら、時折、うとうととしていた。そこへ急にクワガタが、羽音を立て、迷い飛込み、穏やかな夏の昼下がりに、小さな驚きと、楽しさを添えてくれる……。

遠くの丘には、杏畑が見える。杏の実は、ほとんど収穫も終わり、青々としげる緑の重なり合う葉々から零れ落ちる陽光がさんさんと葉を照らし、透き通った緑の葉が涼しげにそよいでいた。

まるでいつもと変わらない、平凡で穏やかな毎年繰り返される、夏休みの、昼下がりであった。

8月のある早朝、担任の大江から電話が入った。

受話器越しに聞こえたのは、美智子が息を引き取ったという、あまりに唐突な知らせだった。

「昨日、クラスメートの加藤美智子さんが8月11日の夜半に心臓の病気が悪化して、亡くなりました。8月13日にご自宅で告別式を行います。当日は朝10時に学校に集合して、それから、ご自宅でのお葬式に参列する予定ですので遅れないように……。幸三君に伝えて下さい」という連絡であった。

電話を受けた美弥は、突然の訃報に驚き、すぐに縁側に行き座卓で勉強している幸三に、担任の大江から聞いたそのままの内容を動揺しながら早口で伝えた。

続けて「そんなに、その子は具合が悪かったのかい？」と尋ねた。

しかし幸三は、突然告げられた知らせを全く理解できず、気が動転し、伝えられた母からの言葉が信じられなかった。めまいを感じ目の前が真っ暗になるのを感じた。意識が遠のいていく中で母が「しっかりして、幸三！　幸三！」と呼びかける声だけがかすかに遠くで聞こえた。10分ほどして気が付き、正気に戻ると、幸三は「何で、何で？何が起こったの？」と声を荒らげて母に、問い詰めたが、美弥が分かるはずもない。

なんの前触れもなく突然にもたらされた美智子の死の知らせを幸三は、理解することも受け入れることもできず、行き場のない気持ちで一日中、自問自答し苛まれた。

答えの出ない現実に、居ても立ってもいられない気持ちで、夜になっても眠れずにまんじりしているうちに、泣き疲れて夜が明けた。

美弥には、幸三が、なぜ、これほどに悲しみ嘆くのか分からず、慰めにもならない、思いつく、精一杯の言葉を幸三にかけた。

「若いのに……やりたい事も勉強もたくさんあったろうに。ご両親もさぞ辛いだろうに。お葬式で冥福を祈って、供養してあげたらいい……」

人が死ぬということを理解するには、幸三は人生経験が足りなかった。

哀しく寂しくて、もうこの世で、見ることのできない美智子の優しい笑顔や可憐な声も聞けず話すことも、手で触れることもできない。死者となった美智子を、今、生きている自分の存在と超えられない次元の隔たりを、受け入れられず生きている自分の存在を呪うような思いにとらわれた。

8月13日、指定された時刻に学校に行くとすでに、同級生たちが教室に集まっていた。いつもならざわざわと賑わう空間が、まるで言葉を失なったように静まり返っている。幸三は、早目に来ていた友人から、さまざまな話を聞いたが、心臓の病気が原因で亡くなった事実以外に、不確かな情報ばかりで、詳しいことは何も分からなかった。

やがて担任の大江が教室に姿を見せ、「さあ、行きましょうか」と静かに声をかけた。クラスのみんなは2列に並び誰一人、無駄口を叩くことなく、力ない足取りで美智子の自宅へ向かった。

わずか12分ほどの道のりが、果てしなく遠いように感じた。到着すると、大江は、生徒に「哀悼の意を表すため、粗相のないように」と注意があり、焼香の作法などを簡単に説明した。

家の間口は広く、大きなトラックが数台と建設資材が建物の横に整然と置かれ、白いキャンバス地のシートが整頓された建築材料にかけられていた。玄関両脇には、彼女の両親の会社名が入った複数の花輪がいくつも立ち並び、黒白の鯨幕が張られている。祭壇には盛花が飾られ、正面には微笑む美智子の遺影があった。

それが紛れもない美智子の葬式だった。

葬儀は決められた手順に沿って、荘厳な雰囲気のなか粛々と進行していく。僧侶の読経がしんしんと響き、親しい縁を持つ弔問客が静かに順番に焼香を重ねる。その手前には6人ほどの親族が並んでいたが、その中の若い2人が両親なのであろうか。

幸三は、中学生らしい礼儀を失しないように気をつけながら焼香の煙の中を進み、焼香台へ歩み寄り、見よう見まねで焼香し手を合わせた。

祭壇の下には小窓が開いた柩があり、そこから、美智子の顔がかすかに見える。早過ぎる人生の終末に、あちらこちらから、押し殺した嗚咽が漏れ、会葬者の胸に鎮痛な悲しみを誘っていた。

幸三は、美智子と交わした子ども同士のたわいない2人だけの約束を、心の奥深くに仕舞い込んだまま、棺の美智子と向き合った。

そこに横たわるのは、間違いなく美智子、その人であった……。もう声をかけることもできない。

焼香が一通り済んだ後、美智子と特に仲の良かった小川翔子が生徒を代表して、弔辞を読み上げた。

「みちちゃん。いつも、仲良くしてくれてありがとう。クラスのみんながみちちゃんのこと本当に大好きだったよ。優しくて、人思いで、授業の分からない事も、みんなに教えてくれて……。みちちゃんに聞けば何とかなると思ってた。本当に心から頼りにしていたし、それに、何でも相談できた。だけどみちちゃんの病気がどれほど苦しかったのか、誰も聞いていなかったよ。みちちゃんだって苦しかったのに、何も言わなかった。わたしだって、みちちゃんから、病気で辛かったことを一度も聞いた事がないよ……。夏休み前に、元気になって、9月からまた、一緒に勉強しようと約束したのに……。なんで、死んじゃったの？　なんで、突然いなくなっちゃったの？

一緒に勉強して、将来、学校の先生になるって言ってたよね？　みちちゃん、寂しいよ……。でもクラスのみんな、今日はお別れを言いにきたから、安心して休んでね。みちちゃんのことは、大切な大事な想い出として、一生忘れないし、みんなの心に残るからね……」

翔子の中学生らしい精一杯の言葉が会場の悲しみをいっそう募らせ、増幅された悲しみであちこちから嗚咽が聞こえた。女子生徒たちは目を伏せ悲嘆の声をこぼしていた。しばらく沈黙が続いたのち、美智子の父が参列者への感謝を述べ始めた。その声はわずかに震えているが、娘への思いを丁寧に紡いでいった。

「本日、ご列席頂きました校長先生、担任の先生、生徒のみなさんをはじめ、列席されたみなさん……私たちの娘の告別式にお集まりいただき、心から感謝申し上げます。

美智子は、3日前、14歳で闘病生活を終えました。生まれた時から、心臓が悪く、大学病院の主治医から拡張型心筋症と診断され、10歳まで生きられれば幸いだと宣告されておりました。私たちは、ずっと奇跡を願い、心臓病が治ればと望んでいましたが幸い、14歳まで順調に過ごせたものの、最近、不整脈を発症し、薬を毎日、服用し治療していましたが、不整脈が原因で、8月11日の早朝に突然、亡くなりました。美智子は、優しい子で、いつも、私たちの事を気遣ってくれました……。美智子は、大人になったら、学校の先生になって、子どもたちの世話をしたいといつも楽しそうに話していたことを思い出します。本を読むのが好きで、よく読んでいましたし、部屋には、たくさんの本が、堆《うずたか》く整理され、置いてありますが、全てを、冥土に持って行けませんので、美智子がいつも机の上に置いて読んでいた数冊を持たせます。

美智子には、まだやりたいことや、これから経験する人生の楽しい事もまだたくさんあったはずでした。しかし、これも、美智子の人生です。美智子の人生は、14年という短いものでしたが、一緒に行った楽しい旅行や、成長の節目節目を家族で過ごした嬉しい記憶など、私たちが思い出すだけでも、数えきれないほどあります。私たちが、美智子と一緒に、歩んだ人生は私たちの心の中で、一生、私たちと、生き続けます。学校の先生、同級生のみなさん、美智子を支えてくれて本当にありがとうございました。美智子は、いつも、ノートを貸して頂き、勉強の遅れも無く、感謝しておりました。

亡くなるには早すぎた人生ですが、みなさんの心の中の片隅にでも美智子と一緒にいた事を記憶して頂ければ本望です。本日はご参列いただき、本当にありがとうございました……。美智子は本当に幸せでした……」

美智子の父は、悲しみを堪えながら、精一杯話し、最後は声にもならない言葉で挨拶を締めくくった。悲しみに暮れる美智子の父の姿を見ながら、幸三はあらためて、美智子のいない現実を思い知った。

出棺の流れでお別れの儀式が始まり、棺の上蓋が外された。棺の中には、顔を薄化粧された清純無垢な少女……美智子が横たわっている。その姿は今にも、目を開けて、すぐにも起き上がり、話しかけてきそうなほど穏やかな表情で、頬は、薄紅色、小さな唇には、紅が施され、うっすらと微笑みたたえたまま……。

突然、庭から風が吹き込んで、鯨幕が舞い上がり、美智子の前髪が軽く揺れた。柩の中には、彼女の短い人生を象徴する学習ノートや、いつも大切にしていた人形、家族との写真などの遺品がたくさん納められており、清めが施され、旅支度された美智子の周囲には、花輪を崩した白い薔薇が手渡され、色白の美智子の体をとり巻くように次々と添えられていった。

幸三も止まらない涙を堪えながら、手渡された白薔薇を美智子の胸元にそっと置いた。やがて火葬のための霊柩車が走り去り、見えなくなるまで見送りを続けたが、やるせない無力感と大切な人を失った喪失感と悲しみで、友達と何も話すことがなく別れた。

幸三は、帰宅後、柩に横たわっていた美智子が、清楚で穏やか、綺麗な顔をしていたことや、クラスの全員で、美智子に、お別れした事を、美弥に、丁寧に話した。

ふと、亡くなった兄弟の葬式もこうだったと想像した瞬間、母が子を失った哀しみと同じではないかと思い浮かべ、美智子の葬儀で高まった感情と重なり、自然と涙があふれた。大声で泣きながら母の胸に飛び込みしゃくり上げるように号泣した。美弥は、幸三が、なぜこれほど泣くのか、分からなかったが、あえて、尋ねはしなかった。幸三は、両親も自分と同じ辛い思いを経験したと思うと、これからはいっそう大切にしようと心に誓った。美智子との2人だけの約束は大事な秘密として、心の奥底に封印した。

ながれた涙は、心を浄化する。

夏休みが半ばを過ぎ、夕暮れになると「カナカナカナ……。カナカナ」と鳴くひぐらしの声が山の雑木林から聞こえ、夜半には杏畑の下草からクツワムシや鈴虫が涼しげな音色を奏でる。村の秋は早く、夜は底冷えする。秋がまもなく訪れ、夏は哀しみと寂しさを伴いながらいつの間にか過ぎ去ろうとしていた。

9月になり2学期が始まった。美智子のいなくなった教室の机と椅子は、担任の計らいで、夏休み前のまま残され、ときどき、仲の良かった女子が、小さな花を置いていく。花を見るたびに、同級生の哀しみや、一緒に勉強していた美智子の面影を感じ、まるで今にも美智子が、教室に入ってくるような錯覚を覚えた。

授業が終わり、生徒全員が帰宅して、誰もいなくなった教室で、幸三は主人のいなくなった美智子の、椅子に腰かけ、机に突っ伏して、元気であった時の、美智子との会話や、楽しかった体育祭、学芸会などの行事を、懐かしく思い出しかみ締めていた。寂しくて、会いたくて、話したくて……。自然と、初めて美智子を異性と感じた時の、甘酸っぱく淡い匂いがよみがえってくる。

その瞬間、開け放たれていた窓から、1匹のアゲハ蝶がひらりと舞い込み、幸三の額にとまった。触れようとして、起き上がると、蝶はパッと飛び立ち、教室の隅々を数回旋回し、しばらく羽ばたき、入って来た窓を抜けて、空高く、舞い上がり飛び去っていった。幸三の初恋は淡く、嬉しく、悲しい記憶として、胸に刻まれた。

美智子が亡くなった事で、人は死ぬとどうなるのか、幸三は深く考えるようになった。美智子の突然の死によって、幸三と美智子との時間は、その瞬間に止まってしまったが、幸三は今も生きている。美智子はいなくなり、未来を生きることは叶わなくなったものの、幸三の時間軸は、無情にも未来へと進んでいく。

思春期に、かけがえのない人を失った時の気持ちを自分なりに納得し、整理するために、死という現象や概念について、始まったばかりの14年間しか生きてない自分の人生経験から、なんとか答えを見つけようと試みた。

「人は死んだらどうなるのか?」

そう問われても、なかなか答えは浮かばない。人が死ぬと生きているこの世の中から、いなくなる事は確実で真理だが、思い出は、永遠に記憶として定着する。楽しい思い出は、心地よい記憶としていつでも呼び起こすことができ反対に、嫌な思い出は、いつの間にか記憶の底に沈澱し風化して不思議に消滅していく。

しかし会うことができないが、生きていた時の故人を思い出して、考える事はできる。

「人は死んだらどうなるのか？」

ふと、小学校で、飼育係をしていた時の記憶がよみがえった。

4匹いたウサギの1匹が、死んだ。朝餌をやるために、飼育小屋に入った時、餌を食べさせようとして食べないので、抱きかかえてみたら、目を開けたまま、冷たくなっていた。

死んで大分、時間が立っているのか、体は硬直して硬い。

だが、生きている残りのうさぎは、死んだウサギのことに無関心で、死んだことを、理解しようともせず、一生懸命に、幸三の運んできた餌を、勢いよく夢中で貪り食べ続けていた。彼らには、仲間の死を理解する術などはないのだろうか？

人は、動物と違い、「死ぬ」という概念を、自分が「生きている」という現実を意識することで、発見し理解する。

死は、人類の共有できる概念で、人間以外の動物には理解が及ばない。

自分が死んだらいったい何が変わり、家族の想いはどうなのか？　愛する者を失った時の悲しみに、人はどのように対応すれば良いのか？

そう、他人の死は、関係が希薄であれば冷静に考えられ話題性で終われる。付き合いが薄い知人の死は、受容範囲であるが、反対に自己の精神構造と安定に関わる大切な人の死は、他人事ではなく受容が困難で、記憶の中に仕舞い込むには時間が必要だろう。そして、死後の世界がどうであれ死者は生き残った人の記憶の中で、永遠に生き続ける。幸三は、答えの出ない死の問題を、思春期に抱え込んでしまった。

3年生に進級すると、同級生の多くの話題は、専ら高校進学であり、目の前の現実の入学試験の話題が多く、ある生徒は模擬試験の解説などを見て、希望する高校の傾向を探る生徒もいた。

6月になり、久しぶりに、父も早く帰宅し、母もくつろいで夕食を食べていると、テレビは、東京の人口が1000万人を超え、首都高速道路が開通したと報じていた。

首都の急激な発展を示すその映像は、白黒の画面越しでも活気を感じさせるが、幸三の住む村には、まだカラーテレビを買える家庭は1軒もなかった。

幸三は決心し、避けて通れない、高校進学の話を切り出す決心をした。

「父ちゃん、高校に行ってもいいか……？　同級生も行くって言っているし……もちろん、進学しない友だちもいるけど、これからの時代を生きるには、学歴が必要だと思う。高校に行かせてほしい……勉強はちゃんとするから……」

幸三は家が豊かではないことを知っているため、遠慮がちに、そして遠回しに父に話しかけた。

テレビからは遠く聞こえてくるアナウンサーの声で、北陸トンネルが全面開通したと報じられていた。

美弥も少し驚いた様子で、幸三の顔を覗き込んだ。受験までは、まだ10ヶ月間はある。幸三は、算数と社会が他の科目より得意で、学校での成績は常に上位だった。同級生の、多くも高校進学を望み、進学先は、中学校から目と鼻の先にある公立高校を志望する者が多かった。これからの時代、高校や大学を出ていないと、就職競争に不利な事ぐらいは、テレビや、ラジオ、新聞などの情報で、幸三でも、理解し学校の雰囲気からも実感していた。

雅之は、いつか出る話題に、既に答えは用意していたらしく、

「公立なら、行ってもいい。私立は金が、かかるから無理だ。公立ならいい……」と即座に言い切った。

父がこんなにも早く返事をくれるとは思っていなかったため、幸三は思わず嬉しくて飛び上がって喜んだ。「勉強すれば高校に行ける！」

「ありがとう。父ちゃん、母ちゃん！　一生懸命頑張って勉強する！　もちろん、畑仕事も家の手伝いもするから……。本当にありがとう！」と大声で叫んで両親に感謝を伝

えた。白黒テレビで映し出される大都会のニュースは、今まで遠い世界であったが、幸三は自分の未来のために、受験勉強に没頭していった。

中学生として過ごした思春期の悲しい思い出、楽しい記憶、同級生との葛藤などは、新しい受験という試練に没頭するうちに、曖昧となり忘れ去られていった。その結果、幸三は、希望する公立高校へ無事に進学した。

高校に入学した幸三は、クラブ活動には参加せず、畑違いの評議委員会（高校内の学生自治会）に加わった。幸三が学生自治に興味を持つきっかけとなったのは、アメリカ大統領ケネディの暗殺事件だった。

ケネディの暗殺は、人生を生きていくうえでの、人間としての倫理観や道徳の大切さを痛感させる出来事であり、「日本の将来を担う若者こそが責任と義務を果たさなければならない」という思いを幸三の胸に芽生えさせた。そしてその想いを実現する手段の一つとして、学生自治活動を通じた社会行動へ参加する事を目指した。

暗殺されたアメリカ大統領ケネディのカリスマ性やリーダーシップ、ベトナム戦争への反戦運動の広がりは、同世代の若者だけでなく、幸三にとっても、社会が変容する中で、今までの伝統的な価値観が変化し始め、「文化の転換期」であると肌で感覚的に感じさせる出来事だった。

世界的に反戦運動が行われている中で起きた暗殺事件は、日本を含め世界中に落胆と失望をもたらし、複雑な感情を共有させた。日本では、1967年に、学生ベトナム反戦デモ隊と機動隊が衝突し18歳の学生が犠牲になった。この死で多くの若者が覚醒し、大学生を中心に社会人を巻き込む大規模な学生闘争活動が火を吹き、社会運動として盛り上がっていった。

機動隊と学生運動を中心とする活動デモ隊の集団が、機動隊からの警棒から、身を守るためヘルメット、石塊、ゲバルト棒で武装し、闘争していた。

運動は話し合いや議論、デモ活動などではない、暴力を使用する変異した学生運動となり、外ゲバ（外部と衝突）だけでなく、内ゲバ（仲間間での衝突）も始まり一部の学生運動は、考えの違う仲間に「自己批判」をさせ、自己弾圧を強め、死に追いやった。暴力と、学生運動を指導する組織の論理と葛藤が、学生を使い捨てにしたことで、学生が運動から離れていき支持がなくなり衰退した。

小学生のころ、テレビに映る学生たちと、警察隊の衝突をただ不思議に見ていた幸三もいまでは争議が起こる理由を少しずつ理解できる年齢になっていた。

高校2年生になると、日本は敗戦後の疲弊を克服し脱却し、惨禍から立ち上がった姿を、世界に知らしめる東京オリンピック大会が開催された。オリンピックは国民の総意を得て歓迎され支持され、民意が大いに盛り上がる中で開催され、日本国の復興を世界に知らしめた。たった、戦後20年足らずであった。東海道新幹線も開通し、東京―大阪間が3時間余りで結ばれた。多くの日本国民が、「本格的な日本の再生」が始まる兆しを感覚的に実感していた。

2年生を平穏に過ごし、3年生に進級した幸三は、評議委員長に推薦された。評議委員会は、学生の所属するクラブ活動の部長と各学年のクラスの代表で構成され、月に1回会議を行い、各学年間と、クラブ間の問題を討議し、学校との交渉、調整、連絡を行う。

戦後教育が行き詰まりを見せるなか、学生たちの多くが求めていたのは、伝統的かつ画一的な教育制度への疑問と、個人の自由な自己表現や自主性だった。制服のスカート丈の長さや短さなど、時代に合わない、厳しすぎる校則の見直しなど、学校の教務と交渉に当たっていた。

義務教育ではない高校は、希望して入学した以上、定められた授業を受けなければ、本来の学業は成り立たない。これは、基本的で、必然の事実である。しかし、画一的な自由度のない与えられた授業カリキュラムは学生の個性や自由度を重視しておらず、戦前の踏襲の一環であり、「現状変更が必要である」と学生の多くは、閉塞感を抱いていた。

その象徴としての制服問題と学則の変更は、学生たちの代表である評議委員会の、重要な目標とする改革であった。当時、個性や自由を重視し、改革するという問題は、交渉による現状変更改革運動として、日本の各地の高校生の自治会でも協議されていた。「個性や才能に合わせた自由度を重視した授業内容の提供」を獲得する運動も起こっていた。

暴力や時代に合わない法律や規制による強制では何も変わらない。

多くの学生は、それを希望しているが、交渉の矢面には立たず、その成り行きを一部の学生活動家に委ね、やり過ごそうとする空気もあった。

幸三たちは、従来の教育制度に対して疑問を抱き、自己表現や自主性を求めた。高校の授業は、学生自治活動をしながらでも、十分、消化でき対応もできた。授業が済むと、自治会室にこもって、ほかの高校自治会と連絡を取り合い、運動方針、連携、協議や、情報交換に没頭する日々を送っていた。

幸三は、学園祭のイベントとして10月10日に学校長と、学生代表（評議委員会）による公開意見交換会を開催するように交渉し、教務との数度のやり取りの末、1時間の集会が許可された。

学園祭で幸三が「公開討論会」を提案したのは、学生から抵抗の姿勢を示すためだった。校長は、身長が165センチくらい、四角い顔立ちに大きめの目と口髭を蓄えて、いかにも、時代遅れの教育者という風貌をしていた。評議会は公開学生集会の成功を目指し、周到かつ綿密に準備を済ませていた。

集会は、冒頭30分間を、高校、大学学生運動の近況報告と、高校生が行なっている平和的な抗議運動の現状、全国の高校自治会との連絡状況、協議事項の説明にあてた。後半30分は校長との意見交換を予定し、現行の生徒手帳の変更要求、制服などの規制緩和について要望するという段取りだった。

学園祭は、3日間にわたって開催され、テーマは「夢と冒険とロマンを！」を掲げ、若者が活躍し、行動しこれからの日本の将来の夢を創出するという目標が込められた。

開催準備の過程で、クラスメートや部員同士が協力し合って、テーマを共有し、結束することで、創造力、企画力を発揮しつつ、自己表現としての、音楽活動、ダンス、創作劇などを発表する場でもある。学園祭を通して協働の過程で計画力、創造力や組織力、運営スキルを育くみ学園生活を充実させ、思い出を作り、絆を深める事もできる。

学年ごとにテーマがあり、各クラブは1年間の活動記録や、今後の目標を発表する場所で、それぞれ、趣向をこらしていた。評議会から賛助金を拠出し、喫茶店、たこ焼き屋台、フランクフルト店、焼きそば屋などの模擬店も20店ほど出店し各サークルやクラブ、クラスからの出展とイベントが行われ、大いに盛り上がった。評議会は、近隣の学校の自治会や、生徒の知人たち、高校の近所の住民へ招待状を配布し、近所の子供も連れ立って来校して大盛況であった。学生集会は、3日目の最終日、午後2時から始まることになっていた。

会場は、4階建ての校舎の廊下の窓から見下ろせる一階の広場で、開催に備え、幸三や評議会委員は、そこへ陣取り、幸三は主催者として、マイクを手に持ち、演説台に立ち口火を切った。

「私たちの父親は、戦争を体験した。戦争で経験した悲惨さや、人の命を断つ事への呵責と苦痛、戦死によってもたらされる家族の不幸や経済的困窮は言葉にできないほどの悲しみ、苦しみをもたらす。更に軍律で、個人の自由が奪われ、道徳や人間性も喪失し、教育も停滞する。私は戦争を合法的な殺人であると理解している。日本国が他国の治安を援助し、経済と平和を維持するために協力するという偽善で、自己の戒律と個人の自由意志に関係なく暴力は実行された。

現在の我々には、戦争という呪縛はないが、ベトナム戦争などや学園紛争を通し、「争いは悪い」と意識的には理解し、公然と戦争に反対の意志を示しているが、争議が改善する気配は見られない。現状についての責任は誰にあるのか？　と常に考え、権威の象徴である日本政府と文部省という組織が原因であるとの結論に至っている。我々は、規則は時代とともに変化するものであるから、現状に即した規則の変更、学校の規制の柔軟な変更を、当面の争点として掲げている。ここに集合したみなさんも同じ思いのはずである。

漠然とした「何かを変えなければ」という意識はあるが、解決方法が見当たらない。将来の理想的な教育システムを求めるための行動をするという意識はあるが具体的な行動への結論が見出せない。全くの閉塞感であるが、暴力行動は避け交渉を通して、話し合いで成果を出すことが重要である。今、全国の高校で、同じ問題で、討議が行われている。私学では、既に、権力の象徴としての制服と、校則問題は解決し、学生主導で改訂がなされている。ところが、公立である、我々の高校はどうであるか？　制服の長さ、靴の色、靴下の色、スカート丈等が事細かく規制されている。ここで討論し、我々の意思と要求を、学校側に伝えよう」と演説し、学生集会の開始を宣言した。まず、20分ほど、全国の学生運動の進捗状況を解説し、学生の権利や、運動方針などを分かりやすく説明した。

その後、司会者である副委員長が、広場に入る手前の廊下に控えていた校長の入場を促し幸三も用意された椅子に座した。校長は、ゆっくりと歩き、用意されていた校長室にある贅沢な革張りとは違う、茶色の粗末で簡易な組み立て椅子に腰を下ろし、幸三と対峙した。

幸三は、初めから生徒に好意的な答えや具体的な改革案を校長が提示してくれることは期待しておらず、校長との話し合いの目的は、生徒の前に校長を引き出し、時代の流れの中で我々生徒が考えている、先に行ったアンケートの〝生徒の総意を伝えること〟であった。

幸三は、話しはじめた。「本日は、公務で忙しい中、公開意見交換会に参加して頂きありがとうございます。校長先生は、教育大を卒業され、教育界で活躍され、各地の高等学校に赴任されて十分な経験と実績をあげられ、2年前からは、当校で活躍をされております。本日は、全学生が校長先生のご意見と、考え方に非常に興味を持ち、あのように窓から顔を覗かせ、お話を伺おうと期待しております。では、まず初めに、当校の学生運動についてどのような考えをお持ちですか？　また、画一的で自由度が制限されている学校制度について、どのように思われますか？

学生の行動や、規範の基準、根拠として今使われている学生手帳が、現在の高校生の基準と現状とかけ離れており、改革が必要とはお考えではありませんか？　など……」

校長の答えは、決まりきった答えで、文部省からの伝達指示事項を棒読みすると言う、予想していた、期待した通りの返答で新しく提案や生徒が要求した改善案などは皆目、なかった。

校長としての退職が目の前に迫る人物に答えを求めることが滑稽でもあり可笑しかった。

30分間の公開討論会は、予定通り、成果の出ないまま、無事に終了した。その後、用意されていた学生運動の声明文を読み上げ、制服問題などに対しての全生徒のアンケート結果を再度公表した。

最後に、副委員長が、ギターを手に、広場へ登場し校則変更と戦争に対する、抗議運動の声明文を読み上げ、どこの学生集会でも行われる総括としての流行歌である『戦争を知らない子供たち』（作詞：北山修、作曲：杉田二郎）と学生運動の挫折と希望を歌った『上を向いて歩こう』（作詞：永六輔、作曲：中村八大）を合唱し1時間で公開意見交換会を締め括った。

2階の窓から、教務主任が、その一部始終を、校長に報告するために詳細に手帳に書き留めているのが見えた。

集会が済んだ4日後、幸三は、公開討議の内容をまとめた報告書と学生集会での議決書を校長へ手渡しするため、あらかじめ予約していた面談の場に臨んだ。何も変わらないだろうと期待しておらず、むしろ、無気力感を持ちながら、校長に挨拶した。

「校長先生。学園祭には、他校の諸学生自治会の来場もありましたが、混乱や争議もなく、無事に終えることができました。ご協力ありがとうございました。それから、公開意見交換会へのご参加にも、感謝しております。この学生議決文は、先日の公開意見交換会でお話しした全学生からの総意要求議決書です。内容は十分ご承知とは思いますが、改めてご検討下さい」と手短に挨拶し、抗議運動は一歩前進したと思った。

当時、ベトナム戦争は、泥沼化し激しさを増していた。収束の見込がなく、混沌としていた。中国では政治改革である文化大革命が始まった。国内では、朝永振一郎がノーベル物理学賞を受賞し、高度成長期の日本が国際的に名を馳せ国民も誇りと自信を持ち始めていた。

しかし幸三の住む岡山県は、東京や大阪、京都から遠く情報量は極めて少なく、政策的なフィルターがかかったマスコミが発信するテレビやラジオや新聞などからの情報しか入手できなかった。

デモなどの争議現場の生々しいリアルな感覚はなく、デモなど争議の現場を実感するすべもなく自分の無力感と自責の想いで悔し涙が出た。

幸三は高校を、主席で卒業した。

当時、大学進学率は、30%前後に上昇していた。幸三も、学歴はこれからの時代において重要な資格で学歴があれば他人より、良い暮らしができ、社会的地位も築ける。さらに、日本の経済発展にも貢献できるので、学歴は最重要であると、高校進学時に考えていた以上に、切実な思いで、大学進学を望んだ。

大学入学試験は、熾烈を極めていた。人気のある大学と学部は受験倍率が高く、「四当五落」の標語も当たり前になり、4時間の睡眠時間なら、大学に合格するが、5時間の睡眠では落ちると言われていた。高度経済成長期の受験戦争は、自分の健康やリズムを犠牲にしてまで勉強に打ち込まなければならないほど、過酷で激化していた。

人生の目的とゴールが見出せないまま「合格すること」だけが要求され、受験競争に勝つことが要求され、赤本などや、過去問題集、参考書などを参考にして、希望する大学に入学しなければならなかった。家庭の経済的な理由で、幸三は、国立、公立大学の理工学部を志望した。幸三から大学進学の相談があった時、両親は、高校での成績が良いことや、時代の変化で、「息子に与えられる援助はこれくらいしかない」と考えており、幸三の希望を優先してくれた。「村の仕事は、自分たちでするから、親の心配はいい。これくらいのことしかしてやれないから、幸三が思うように好きなように自分の人生は自分で決めたらいい」と雅之はそう言った。

村での暮らし向きは高度成長期の影響で景気が良くなり、３人が暮らすには、贅沢をしなければ、大分、楽になっていた。

幸三は、岡山市内で下宿し、アルバイトをしながら下宿代と生活費を稼ぎ通学する予定だと説明し、入学金と1年目の授業料のみを両親に無心した。両親にそれ以上の経済的負担をかけたくなかった。

努力して受験戦争を乗り越え念願の大学に、現役で入学した。

しかし、大学には入学したものの、「合格」するそのものが目標だったため入学後の、学生生活へのビジョンがなかった。そして高校生の授業の延長のような、不要と思える教養課程を履修するうちに、大学生活への情熱は次第に薄れていった。

退屈な授業と、アルバイトの生活で忙しい日々を過ごしているうちに、気づけば2回生になっていた。昭和45年には日本人口が1億人を超えたと発表があり、人口増加に伴い「これから日本の景気はさらによくなる」という確信を多くの人々が抱いた。

6月には、ビートルズが来日し、武道館で5回の公演を行った。新しい情報に敏感な、幸三はテレビで放送されたロックバンド、ビートルズの公演の様子を観た。立ち上がって大声で踊りながら絶叫し失神する女性や、拍手喝采の熱狂する多くの人々を見て、戦争で傷つけられた日本と日本人がここまで異文化を受容する柔軟性と許容量の大きさには、いささか呆れかえった。

日本は、大きく変容させられたと感じた。幸三は、やがて大学3回生に進級し、相変わらず授業とアルバイトに追われていた。アルバイトは日曜日は、商店の売り出しを手伝ったり、魚屋の店頭販売もした。授業のない日は、中学生向けの塾で臨時講師を務めなんとか、生活費をやりくりしていた。

7月中旬、下宿先の郵便受けに美弥から手紙が届いていた。手紙には、最近の村の近況や、父母の健康状態、幸三への温かい言葉が細やかに綴られていて、母の思いが嬉しく心に沁みた。それと同窓会の案内状も同封されていた。8月14日、午後5時から7時。場所は、町の料理店。中学校時代の同学年への同窓会の案内状であった。

お盆には、大阪、東京などへ集団就職しているが、帰省する者も多い。中学校を卒業し、すでに7年が経過していた。町や村に残る同窓生や上京して現住所の分かる卒業生に対して出席を促す趣旨が記載され、同じ学年の全卒業者436人に案内状を出したと書かれていた。出席者の人数で、開催場所を再度通知するとも記載されていた。

主催者は同じ学年の、長谷紀夫であったが、幸三は、はっきり覚えていない。集団就職で、遠方に就職している者、大学に進学している者、地元の町に残った者など同級生はさまざまな人生を歩んでいた。

幸三は、中学生時代を過ごした懐かしい思い出がよみがえり、お盆の墓参りも兼ねて、アルバイトの日程を調整し、帰省することにした。

8月13日、朝から暑かった。降りそそぐ日差しはギラギラと地面を照りつけアスファルトの上には陽炎がゆらゆら立ち上っている。空は底なしに高く青い。入道雲は盛り上がり大気が沸騰している。時おり吹く空気も乾燥して、人影もない。

岡山駅前からバスに乗りこみ、村まで4時間近くかかる。バスの窓から見える田舎道は、木々も少なく田圃には黄緑色の稲葉が風にゆっくり揺れている。強い日差しに、さらされた畑の案山子もすることもなく退屈そうにポツリと立っている。あまりに暑い夏のため、鳥の声も聞こえない。やがて懐かしい山々が目の前に現れ、はるか遠くに幸三が降りる村のバス停が見えた。遅い昼過ぎに村に到着した。停留所には、2人の人影があり、すぐに両親が迎えにきてくれていると分かった。

「幸三、元気そうだね。変わりはなかったかい？　下宿先ではどうか？　大学生活はどうだ。生活費は、足りているのか……」などと、矢継ぎ早に言葉を浴びせかけられた。一人息子の帰省は親にとって、至上の喜びだ。言葉の連射に幸三は返事する暇もないが、嬉しくなり、やはり、親はありがたいと、心からそう思った。

その足で、墓参りをするため用意してあった、灯の付いていない提灯をぶら下げ、平岡家の墓に向かった。周りの景色は、少しも子どもの頃と変わらず、山林は青々と繁茂り木陰は涼しい。降り注ぐ蝉時雨の中、丘を登り、そこからはるか下にある村を見下ろしながら、真っ赤な花卉の下草が生える小道を10分ほど歩いて平岡家の墓に着いた。

平岡家の墓は、杏畑より高い山の中腹にあり、幸三の家を、遠くから静かに見下ろせる場所に佇んでいた。村の墓は、深い緑の山々を背景に、中腹に切り開かれ、横幅は、20メートルくらいの広さで奥に扇状に広がっている。山の縁に沿って、集落の十数基の墓が静まりかえった風景に溶け込んでいる。

今年、お精霊さん（新盆）となった墓には、土葬され、新しい土饅頭が盛られ、墓石の背後に、真新しい卒塔婆が建てられていた。

平岡家の墓は古墓で、2坪ほどの広さで周りが竹柵で仕切られており、石が積まれ、中心にある30センチ四方の、程高い黒御影石には平岡家と刻まれている。墓石の脇には、古くなり、端が欠けている墓標があり、風化して名前が読めない数え切れない先祖の名前が、刻まれていた。墓石の後ろには、風化した卒塔婆が数本掲げられているが、色褪せ朽ちている。

周囲の雑草はすでに、両親が綺麗に刈り取り、墓石は苔が取り去られ掃除され、真新しい墓花が生けられていた。突然、気持ちの良い風が、墓の後ろの高い樫の木々の枝間から、吹き降りてきて、葉の重なりから発生する、「かさかさと」ざわめく葉音が、久しぶりに訪れる幸三を心地よく迎え入れてくれた。

先祖が喜んでいる！　と直感し意識した。周囲の墓々には、放置され、手入れされていない苔むした墓もあり、お盆にもかかわらず訪れる人もなく閑散としている。墓参りは特有の張り詰めた空気の中、ほどよい緊張感がありながらも不思議と心が安らいだ。雅之が火をつけてくれた白檀の香りのいい線香を受け取り、線香立てに、2本立てた。

先祖に、墓参に来たことを告げ、亡くなって久しい先祖を供養した。迎え火のために持ってきた提灯の蝋燭に灯を入れ、消えないようにゆっくり、住み慣れた家に持ち帰った。家に帰ると、仏壇の蝋燭に持ち帰った火を移し燈明とし、線香を立て家族が無事であり、先祖を家に迎えられた事を感謝した。

この後、3日間、自宅で先祖の霊と暮らすことになる。

忙しい日常や、アルバイト、大学の授業など、アパートに帰っても、疲れ果てて、美智子の葬式から、人の死についての、明確な答えが出せてなかった。

幸三は、今回の帰省を機に、改めて「人の死」について考えてみることにした。

日本人の死生感は、曖昧だ。民族伝承では、イザナギ、イザナミの黄泉がえりに始まり、死とは、肉体から霊魂が遊離する現象で、霊魂が現世に執着を残させない儀式が葬儀だった。親戚や家族による、葬儀は、死者をこの世から「切断」し霊魂として「接続」し直す儀礼であると大学の図書館で読んだ記憶がある。さらにお盆についても調べてみた。お盆とは、仏教における「盂蘭盆会」、または「盂蘭盆」を略した言葉で、語源はサンスクリット語の「ウランバーナ」。この意味は、「逆さに吊り下げられた苦しみをさす」と書かれていた。

盂蘭盆会は、釈迦の弟子である目連尊者《もくれんそんじゃ》の母が、息子の目連尊者を溺愛するために、周囲の不幸に無関心で、亡くなった後、餓鬼道に落ちたことに由来するらしい。

餓鬼道に落ちた母親は、逆さ吊りにされ、食べるもの、飲むもの全てが火になり飢えと渇きに苦しみ、その姿を見た目連尊者が、釈迦に相談すると、夏の修行を終えた僧侶（解夏）の終了日に僧侶を招いて供物を捧げ、供養するように指示された。供養した功徳によって母親は、極楽往生を遂げ、その習慣が、〝送り火〟として現れ、8月15日に祖霊を祀るお盆になった。こうして日本各地では、古来の風習と仏教の考えが融合し、お盆には家族や、一族が集まり、先祖、故人を供養する行事として、定着し、僧侶が家々を回って経を上げる習慣になった、とも書かれていた。

もともと、日本には祖霊信仰があり、正月とお盆の年2回、先祖を迎える行事が定着していた。正月は神事、お盆は仏教の供養として親しまれている。彼岸は、先祖に感謝を捧げるだけでなく、現世に生きる個人が六波羅蜜（布施《ふせ》、持戒《じかい》、忍辱、精進、禅定《ぜんじょう》、智慧《ちえ》）を実践する期間でもある。

夜になると、リーンリーンと涼しげに鳴く鈴虫の澄んだ鳴き声を聞きながら、色々な事に思いを巡らしているうちに、幸三は睡魔に誘われ眠りについた。14日に、同窓会が開かれた。数少ない町の、宿泊と料理屋を兼ねた料亭『魚華』が、同窓会の会場であった。費用は５００円。

幸三が自転車で午後5時前に会場に着くと、料亭の玄関の受付には、かつて、背が小さく、いじめを受けていた入山勉が、受付係をしていた。久しぶりに会う幸三に立礼し無沙汰で懐かしいと挨拶を交わした。身長は伸びて１７０センチほどになり、この町で立派に成長して幸三の背丈を超えていた。宴会場は、広い玄関を上がり、薙《なぎ》廊下を渡り、廊下越しに池のある庭を見渡した突き当たりにある大広間で、２００畳はありそうだ。

7年ぶりに顔を合わせる同級生や、かつて学級委員長だった小川翔子、担任の大江学らの姿も見える。およそ、２４０人くらいが集まり、中学校時代の懐かしい思い出や、来ることができない同級生の消息や、7年間で風貌が変化した旧友との久しぶりの再会にあちらこちらで甲高い笑い声が飛び交って、和やかに会は進んだ。

案内され、クラスごとに区割され、名札の置かれた席に座り、久しぶりに、利害関係のない中学生に戻れ、安堵の笑みを浮かべた。上席には、主催者の長谷紀夫が、マイクを持ち、同窓会の趣旨を述べたあと、物故者の4人の名前が読み上げられた。上野保君、江田一生君、加藤美智子さん、細沼恵美子さん。全員が起立し、物故者に対する1分間の黙祷を捧げた。長谷紀夫から、来賓として招待されたかつての担任から、参列者への簡単な挨拶があった。

教師、同窓生は、中学校時代の、懐かしい話で盛り上がり、盛会のうちに同窓会が終了したのは、夜8時を回っていた。

久しぶりで会えた仲の良い女子は喫茶店や、映画館に流れた。あらかじめ、段取りしていた地元の男性たちと帰省した同級生は、予約してあった繁華街の居酒屋に流れ、会場を後にした。

幸三は、乾杯の時に、ビールを1杯飲んだが、すでに酔いはすっかり醒めていた。会場では、知った友人から、卒業後の経過や現在の暮らしぶりなどの挨拶を受け、7年間の時の流れを感じた。町に残った友人との会話は、生活環境も大きく変わり、都会で生活する幸三との会話はギクシャクし噛み合わなかった。誰からも誘われることなく、会場の外に出ると、夏の湿気った風が顔を軽く吹き撫でた。

街灯がまばらに灯る電信柱の電球の薄明かりの中を、自転車をゆっくり走らせ、町の広い中心道路へ出て、ふと横を見た時、寺院の正門が見えた。門につけられた裸電燈からオレンジ色の光が台形の形に道路に漏れ落ちていた。

「確か、美智子が眠るのはこの寺じゃなかったか……」そんな記憶が不意に呼び覚まされると、何かに導かれるように誘い込まれ境内に入り込んだ。寺の本堂は、煌々と照明が点いており、対の盆提灯が、ゆっくり回転し青、赤、緑や黄色の光を黄ばんだ畳に怪しげに放っていた。本堂の横の広間では、寺の檀家衆が7、8人集まり、にぎやかに酒を酌み交わし住職らしい老齢な僧侶を中心に大きな声で、談笑しているのが見え、声は境内まで響いていた。ひっそりと本堂の横を通ったが、誰も幸三に気づく気配はない。

境内は、見廻用の電球が、あちこちに点灯して、足元を照らしていた。通路は、すり減って滑りやすくなった石畳が敷き詰められて、場所によっては段差もあり、油断すると、転倒しそうになった。夜の墓は不気味で、死者の街に誘い込まれそうで気持ちが萎えたが、かすかな記憶を頼りに、境内を歩いていたら、加藤家と書かれた比較的新しい墓があり、墓石の正面には加藤家、横には加藤美智子、朱で加藤秀一、加藤由紀子の文字も彫り込まれていた。墓は新しいが、花立てには花もなく、香立てにも線香はなかった。もちろん供物もない。盆なのに誰も、お参りする人はいないのか……。悲しい気持ちになった幸三だったが、7年ぶりに美智子と「再会」した。

「美智子はここで眠っているんだ……」幸三は放置された墓に、一人で埋葬された美智子の不憫さと無沙汰、当時、病気で亡くなった美智子に何もしてあげられなかった心咎めで、心の中で、淡々と詫びた。5分ほど墓前で美智子に心の中で語りかけ空白の7年間を報告した。

その後、静寂の中、低い声で優しく美智子と、自分に言い聞かせた。

「久しぶりに、みちちゃんに、会いに来た。あれから、いろいろなことがあったが、僕は、大学で頑張っているから安心してほしい。みちちゃんと約束したことは果たせなくなったけれど、みちちゃんも、浄土で幸せに暮らしていることを祈っている……」深々と頭を下げ鎮魂の気持ちで合掌し、多分、もう、決して来る事はないだろうと自分に言い聞かせ、中学生で止まっていた美智子と過去の自分に決別した。

穏やかな澄んだ気持ちが訪れ、予定されていたのであろうか、寺の門を出たところで、後ろ髪をひかれる不思議な感覚があり、背後から小さく囁く声がした。虫の声か？

ゆっくり寺のほうを振り返った時、寺の巴瓦屋根のはるか天空の満月と重なり、鬼火がゆらめくように見えた。

確かに……美智子に見送られていた。

幻想か？　いや、違う、あれは確かに美智子だ。幸三は恐怖心とは違う、十分に満たされた心の至福を感じた。

村への帰り道は4キロほどあり大人でも自転車で20分くらいかかる。

道路は舗装してない砂利道も混じり、タイヤからゴロゴロ、しゃりしゃりという音が響く。自転車灯が照らす凹凸の田舎道を、これからの幸三が経験するだろう、さまざまな、人生を想いながら幸三はペダルを踏み続けた。

夜9時を回っていたが、玄関の引き戸が開く音を聞きつけて、寝ずに幸三の帰りを待っていた母がほっとした顔で、出迎えてくれた。幸三は、同窓会で会った旧友の変化や、大人に成長した姿、風貌の変化した親友、また当時のまま子供が大人に成長した友もいた事などを思い出しながら、愉快そうに饒舌に話した。その声を聞きつけ父も、寝室から眠たげな顔をのぞかせた。

仏壇のろうそくの灯がゆっくり揺れうごく居間で、家族3人が水入らずで過ごし、帰ってきている祖先の霊と不思議な安堵感を感じながら一緒に過ごした。幸三は、大学での生活やアルバイトで失敗した話題などを話し、美弥からは村での出来事や近況、村がさらに過疎化したことなど聞きながら、無口な父も話に加わり酒を酌み交わしながら、夜更けまで話し込んで、話題が尽きた夜半に、心地よい眠りについた。

田舎のお盆は畑仕事もなく、会社も盆休みで仕事がないので、幸三とゆっくり過ごす時間が十分取れた。翌朝、経机の前に正座し、お盆をともに過ごした先祖の霊を供養し、両親が健康であった事への感謝と長寿を祈った。昼食を3人でとり、仏壇の霊前灯から、火を再び、提灯に移した。火が消えないように慎重に提灯を下げ、山道を登る途中、またしばらく帰れない幸三に、ざわざわっ、ざわざわっと木魂が樹々から吹き下りた。墓に到着し、送り火をした後、バス停まで見送られ、下宿に戻った。

当時、東京では1年間無給で働かなければ医師国家試験を受けられないインターン制度の撤廃を求める抗議運動として、東大安田講堂の占拠事件や、新宿では、ベトナム戦争反対を訴える学生デモ隊3500人が反対運動を起こし新宿駅に立てこもった事件などが連日テレビで放映されていた。一方で府中では3億円強奪事件や、川端康成のノーベル文学賞受賞なども話題となり、日本は経済成長でGNP世界第2位の地位を固めつつあった。

しかし幸三の通学している地方の大学は、学生運動の情報量が極めて不足していた。加えてアルバイトで忙しく、東京の学生たちと一緒に社会を変革する運動には参加できず、内心無力感に苛まれていた。気を紛らせるために、大学の運動場を一人で無心に走り、サッカーボールを蹴り上げ憂さを紛らわせていた。疲れ切って、下宿に帰ると目を覚まさず、朝まで、コンコンと寝いり、授業に遅刻することもしばしばだった。

３回生に進級した幸三は、専門課程では、材料力学を専攻し、金属加工と、新素材の製造法の研究に没頭した。

翌年、４回生に進級したころ、第三次中東戦争が勃発し、繰り返す人類の悪行に溜息をついた。歴史から何も学んでいない。この年に、東名高速道路が全線開通し、日本は経済的にもさらに発展の道を進んでいた。

第2章

幸三は、理工学部を平凡な成績で卒業した。就職先は今後発展が予測される自動車産業の部品メーカーの大立《おおだて》工業へ入社することを決め、書類試験と面接を経て、大阪支店への内定を得た。会社案内を読むと、社内での、キャリアパスが整備されており、さまざまな業務を経験できる機会がありそうであった。大阪での就職が決定したので、「上阪の準備でしばらく帰れない」と電話で母に伝え、大学を無事に卒業した報告と、大学進学を支援してくれた両親への感謝の気持ちを伝えた。

昭和44年当時、日本は高度成長の波に乗り、化学製品を扱う製造業や、商社・貿易会社、証券・金融会社、公務員や教員などが人気のある就職先で、人気があるだけに、就職活動も激烈で、困難を極めた。幸三が就職を決めた大立工業は本社が東京にあり、自動車向けの部品製造を得意とし、最近、特に人気が高まっており、今後、発展が見込める企業であった。高校時代、サッカー部として一緒だった同郷の高岡が高校卒業後すぐに大阪へ出て、この大立工業に入社しており、「これからは自動車が増えるモータリゼーションの時代になる」と話していたことも、幸三が就職する後押しになった。

幸三は、何事も自分のペースでゆっくりと物事を進める性格で、それは人生に対しても同じであった。他人に気を使う銀行事務や公務員として齷齪《あくせく》して働くことや、大学に残って地道に研究するという生き方よりは、目標とするものに向かって体を動かすことが性にあっていた。全て「自分で決めて行動する」ライフスタイルが向いていた。

大学を卒業して大阪市内にある大立工業大阪支社に入社し、営業部に配属された。仕事の内容は、大立工業が製造した、自動車部品を自動車メーカーへ販売し納入することであった。当時の日本は高度成長期に入り、高品質な自動車部品の需要は多く、他社との差別化と、自社製品の売り込みで、入社当初から、忙しい毎日であった。

幸三が就職した昭和44年は、東名自動車道が全線開通し、アメリカのアポロ11号が月面着陸し、最新技術を世界に知らしめた時代でもあった。

昭和45年3月15日、大阪万博が開催され、さらに3月31日に日本航空よど号ハイジャック事件が、起こった。家庭でもカラーテレビは普及し、家電各社から新しい機種が次々に発売されていった。

ある日、御堂筋を営業先に向かい車を走らせていると、ラジオから、「自衛隊・市ヶ谷東部方面総監部（昭和21年東京裁判が行われた場所）へ三島由紀夫と楯の会の隊員が、乱入し三島由紀夫が、割腹自殺した」というニュースが流れてきた。

幸三は、違和感を持った。なぜなら、三島は作家であって革命家ではないはず。それなのに彼は、長官室の窓からバルコニーに出て自衛隊員に向かい、憲法改正を訴え一緒に立ち上がれと檄を飛ばしていたという。

「おまえら、聞け。聞け。静かにせい！　静かにせい！　男一匹が命をかけて諸君に訴えているんだぞ。今、日本人がだ、ここで立ち上がらなければ……。おれは4年間待ったんだ……。本当に日本のために立ち上がる気はないんだ。……見極めがついた……。それではここで、俺は、天皇陛下万歳を叫ぶ」そう言った後、長官室に戻り、割腹自決を遂げたと報じていた。幸三には、三島の演説の内容と衝動的ではない緻密に計画された行動を、直感的に十分理解できた。

戦後の民主主義政策により、日本の伝統的な価値観や精神性が衰退し、日本のアイデンティティが崩壊する危機感を自衛隊員に対して、一緒にクーデターを起こし立ち上がるように訴えたが賛同を得られず割腹自殺した。

学生運動終盤の惨めさを見てきた幸三にとっては、「革命は方法論と人民の支持の上に成立すること」を、身をもって経験していた。独裁国家でない限り行政を変えるためには、国民の理解と力強い支持が必要だと確信していた。言葉は、武器であり、三島は、作家として、国民にペンの力で訴え民意を盾にして行動を起こすべきだったと思った。

大阪の街は、田舎から出てきた幸三にとっては、雑踏と喧騒、人があまりにも多く、にぎやかな繁華街やビルも林立し、田舎とは全く違う風景に、居心地の悪さを感じていた。田舎で育った幸三にとって、精神的には生活し難い都市であったが、営業は楽しかった。サンプル部品を大きな黒い布製のカバンに詰め込んで、営業車で納入先の自動車メーカーを回り、自分で、営業スケジュールを決めることができ、忙しいが、充実した日々を送っていた。

いつでも、訪問先では緊張はしているが、性格が明るいため、商品の性能について、説明できない時は、笑ってその場をおさめ、「改めてお伺いして詳しくご説明します」と伝えて次回のアポを取り、帰社していた。会社に戻ると、まず、決まりごととして、本日の営業内容を、営業部長に詳細に報告し、営業日報を記録し帰宅した。

一方、高岡は、生真面目で、地味な性格で拘りが強く何事にでも神経質であった。仕事は正確であったが、入社面接で、総務面接担当者の評価が芳しくなく、「顧客とのトラブルを避ける」目的で製造部に配置されたと聞いていた。

午後からの営業前に、社員食堂で偶然高岡を見かけた時は、幸三から声をかけ、故郷の近況や、会社の製造部門、訪問先の自動車メーカーへの納入情報などを情報交換した。大阪の人々は、人なつっこく、せっかち、「いらち」で、義理人情に厚く、冗談が多い。さすが、「商売人の町」だと幸三は思った。心斎橋、難波、道修町、道具屋筋、さらに父の好きな漫才、落語などの演芸場、大阪場所の相撲など、大阪はとにかく、一日中、忙しい大都会である。

給料は、月2万円で毎月20日締めの25日払いで、ボーナスは、夏と年末の年2回支給された。大阪の納入担当者と話す時は、余計な詮索をすることなく、また、気を使うこともなく気楽であった。

大阪に来てすぐに、アパート近くの天神橋商店街へ生活用品や、仕事に必要な備品を買いに行った。その品揃えは多岐にわたり、故郷では決して見る事のできない商品が数多く並んでいる。全て必要な物は、買いそろえることができた。食事は、外食が多く食べ物も美味しく飲食には不自由はなかった。

あるとき、訪問用のネクタイを買おうとした際、色や素材の違いがたくさんあり選ぶのが面倒だったので、目に付いた安物と高額な絹のネクタイを2本手に取った。選んで、買おうとした。お金を支払おうとすると、「お客さん、このネクタイ2本で5万両だよ。3本買えば4万両に負けるけどね」と店主に言われ、返答に困っていると「お客さん、大阪人じゃないね。3万両でどうや！　と値切ることが大阪流やで」と笑われた。それが大阪で生活する生き方だと言われ、値切ることを覚えた。

結局、3本を2000円で買い、営業先によってネクタイを使い分けることにした。幸三はやはり根っからの真面目な岡山人気質であった。

慌ただしく忙しい日々が、あっという間に過ぎていき、高度成長の波に乗り、顧客との関係も良く、営業成績もますます上がっていった。就職してすでに、4年が経っていた。5年目を迎えた4月1日付で蒲田本社への転勤辞令が発令された。

当時、終身雇用制が、当たり前で、就職するとよほどのしくじりがない限り定年まで雇用されるため、家庭の事情があっても辞令を断れず、辞退すると昇進がなくなると聞かされていた。

この時代、女性は25歳前後で結婚し退職するのが当たり前という風潮があった。

幸三は26歳になっていた。大阪で過ごした4年間が急に懐かしく、4年間で築き上げた人々との交流が突然、消えてしまうと思うと、営業で辛かったこと、成功や失敗、妙に大阪での嬉しかったことなどが思い出されこみ上げてくる感情と、住み慣れた大阪を離れなければならないという想いで、感傷的になり、頬を伝わる涙をこらえようと、空を見上げた。子供の頃過ごした故郷の、鮮やかな緑の森々、真っ青な空や、美味しい空気、真っ赤に燃え上がる夕焼けの記憶がフラッシュバックし、故郷がさらに遠くなったと感じた。

東京は、日本の経済の中心地で、多くの自動車会社が集まる巨大なマーケットであった。行けば何とかなると気を取り直し覚悟した。

東京勤務になれば、しばらく帰省できないだろうと考え帰省の計画を練った。

3月20日付けの内示だったため、3日間は故郷に帰れるとスケジュール帳を見ながら考えた。21日、下宿の契約解除や不用品の処分、顧客への後任を連れての挨拶回りと後任への申し送りなどを済ませ、3月26日～28日岡山へ帰して30日に上京。

「東京本社勤務　4月1日　出社」とメモした。後任への申し送りノートが完成したのは、3月28日の岡山から帰る電車の中であった。

まだ、日がある夕方6時頃、3年ぶりに村に帰った。「ただいま、今帰ったよ」と大声で、父と、母に呼びかけ、大阪土産の河内もなかと、大阪ええYOKANを手渡した。

家族なので、面倒な挨拶はいらない。「辞令で、4月1日から東京に赴任する事になったから、しばらくは帰れないと思う。どんどん、故郷が遠くなるよ。父さんも、母さんも、無理をしないでね。仕事に慣れ落ち着いたら、連絡する。心配しないでほしい。東京は、日本で一番大きな都市だから、見物する場所が多い。それに間もなく、山陽新幹線が全線開業するから、岡山から、東京までは4時間くらいになるよ。季節のいい時期に、2人で遊びに来てよ」と話した。美弥は、昨日から幸三のために芋の煮付けや、山女の焼き物などの色々な田舎料理を用意した。幸三は、懐かしい母の素朴で優しい味付けの手作り料理を、久しぶりに堪能した。

翌朝、早く目が覚め、外に出ると朝もやが立ち込め、水墨画のような幻想的な風景と、霞む森から木霊するカッコウの鳴き声が山々に響いた。3月末の外気は未だ冷たく、透明で澄んだ空気はオゾンの香りで甘く旨かった。丘へと続く杏畑には、畑一面を覆う薄桃色の慎ましやかな杏の花が咲き揃い、子供の頃と、何も変わっていなかった。杏は、相変わらず甘酸っぱい香りを放出し、幸三を包みやさしく迎えてくれていた。

谷底のせせらぎの音も変わりなく響き渡り、遠くの森からは、まだ、十分に出ていない鶯の声が、早い春の谷に聞こえ響き渡っている。何も変わってはいないが、10年が過ぎ去っていた。やはり、故郷は心が落ち着く幸三の原点であった。ふっと、隆と、聡子の家を振り返った。どうしているのだろうか?

両親と一緒に朝食を摂り終えると、母から、杏畑に木陰を作っている樫の木を切るのを、手伝ってほしいと言われたので、杏畑に出向いた。父は、早朝から、仕事に出かけていた。5メートルに成長している樫はなるほど、成長が早く、杏の木に、枝葉が伸び、日陰をつくり、日の当たらない杏は元気がなくひ弱な枝ぶりで成長していない。2本の樫の木は5メートル前後で、1本は3メートルほどで幹の太さは4センチくらい。

「母さん、この小さな樫は植え替えが、できるんじゃないか？　家を守る精霊の木に決めて、御祀りしよう」美弥も幸三がそれほど言うのなら家の敷地に植え替えしようか？と根を掘り起こし、枯れるかもしれないが、家の吉方位に植え替えた。

翌日の午前中、家で少し寛いでから、彼岸に行けていなかった平岡家の墓参りを済ませた。墓への途中、緑の草原から、真っすぐな黄緑の茎が顔を出し、下草と対称的な真っ赤に燃えたつ曼珠沙華の花が畦道の丘一面に群れ咲き誇っていた。真紅の花は、群れてゆっくりと風に揺れていた。花はすぐ枯れ消え去り、人の人生の存在も、一瞬で消滅する。現世と来世を繋ぐ花は、人生の消え行く存在を象徴しているようであった。幸三は大阪にはない、自然が作る艶かしい芸術作品に驚嘆し感動した。

そして今なお元気に暮らしている両親の変わりない健康と、無事を感謝した。

午後からは、父親の運転する古くてもまだ、十分に農作業で働く軽自動車で食事を兼ね、日常生活品や、農業で使う肥料などを買いに町へ出かけた。町への道は、以前のデコボコだった道もアスファルトで舗装され、自転車で通っていた時のぬかるみのある、砂利混じりの道はなく、スムーズに快適に走れた。

村は、幸三が小学生に住んでいた頃よりなお人口が減って過疎化していた。中学校や高校を卒業した若者は、金の卵として、重宝され、安い労働者として村を去り、残された高齢者で、閑散としていた。

町も同じように、寂れて、人影も少ない。幸三は、車で通ってほしい場所があると父に頼み、美智子のかつて住んでいた家の前を通ってもらったが、もう家はなくなり、空き地になっていた。葬儀後、美智子の家族に何が起こったか分からないまま、考えても結論が出ないうちに、窓の風景は移り、中学校、高校の前を走りぬけ、消防署の横にあるスーパーに到着した。駐車場は広く車も人も少ない。やはり、寂れていた。駐車場に車を止め、スーパーの中にある小綺麗な食堂に入った。時間をもてあそんでいた60代後半の初老の女性店員が、珍しい食堂へのお客を満面な笑顔で迎え入れ、食堂内に響くほどの大きな声で、「いらっしゃい」と叫んだ。

食堂の壁に、張り出されたメニューの中から、親子丼定食3人分を注文した。村、町のよもやま話をしながら食事を済ませ、レジスターの前で食事代を、美弥が支払おうとしたが、幸三が、伝票を奪い取り、支払いを済ませた。大阪の味とは違う、簡素で醤油がきいた味の濃い食堂自慢の定食を食べた後、村の生活に必要な1週間分ほどの食料などを買い込み、村に戻った。

最終日、岡山駅行きのバスの停留所まで両親が歩いて送ってくれた。寂しさを覆い隠すために、「東京で、しばらく頑張るから、心配はいらないから。父さん、母さんも無理せず元気で暮らして！」と手短に話した。7分ほど遅れて到着したバスは、大阪にはない旧式で、バスの中から若い女性の車掌から、「早く乗って」と促された。幸三は、封筒に入れて用意していた2万円を母に渡そうにするが、美弥は、びっくりし封筒を押し返したが、無理やり、手に掴ませた。何時も、別れ際には、人生を刻んだ両親の不安そうな、陽焼けした額と、別れの感情、寂しさを押し殺す両親の顔に出くわす。

第3章

3月30日、予定通りに、岡山から東京駅に、夜の6時頃到着した。幸三にとって東京は初めてで、まるで異邦人のような気分だった。スーツケース1個を転がしながら、だだっ広い東京駅を山手線のホームを探しながら、構内の天井からぶら下がる大きな案内板を頼りに探し歩いた。ホームから見える外の景色はまだ、薄明がある。ホームを行き来する人の数は大阪とは比べ物にならないほど多く、人々がそれぞれの目的地に向かい、移動していく人の流れは、まるで蟻の行進のようであった。早足で歩く東京への訪問者と、仕事を終えマイホームへ帰宅する働き蟻たち。幸三は「自分もこのようになるのか」と思った。そして東京に赴任させられた事を少し後悔した。ホームから見える夜空へ届くような高い大きなビルと、赤、青、緑色、黄色に点滅する都会のネオンサインの瞬き、見下ろせば広い道路を行き交うおびただしい車列と、自分の存在を誇示するように鳴るクラクションはまさに、企業の最前線で戦場のように思えた。

ようやくホームにたどり着き山手線に乗り込んだ。電車は、帰宅ラッシュで満員状態のため、スーツケースを抱えたまま、電車の揺れで吊り革を持たないと後ろの女性にもたれかかりそうで、必死に踏ん張っていた。足元も不安定で、危なっかしく、急ブレーキがかかるたびに、転倒しそうになる。

30分あまりで、蒲田駅に到着すると、構内の人通りは少なく、電車を降りる人は少なかった。改札口を抜け指定されていた社宅へ向かった。社宅への道は、すれ違う人もなく真っ暗な人通りの少ない細い道で、物騒であった。

大阪支社の人事部から受け取った走り書きの小さなメモを頼りに、時々、建てられている電信柱に書かれた住所表示を見ながら、急ぎ足で歩いた。途中、道路を吹き渡る冷たい乾燥した風が、電信柱の裸電球の傘を揺らし、カラッカラッと乾いた寒々した音楽を奏でる。

迷いながら15分くらい歩き、ようやく社宅へ辿り着いたのは午後7時頃であった。

「大田区蒲田10丁目23-1177　大立工業　清風荘　男子寮」と書かれた看板があり、夜遅く帰宅する社員のためか、玄関には蛍光灯が眩く輝いて、幸三を迎えているかのようだった。周囲は、工場が多く、すでにシャッターは閉じられ、照明は消されて、暗く寂しい。

玄関脇に取り付けられた灰色の小さなチャイムを押したが、なかなか返事がない。真鍮製の丸いドアノブを手前に引き、「こんばんは、大阪支社から、今、到着しました。誰かおりませんか？　こんばんは、こんばんは」と大声で、数回叫んだ。社宅は、「うなぎの寝床風」で、縦に長く、覗き込むと奥に部屋が、10室くらい見える。5分くらい経った頃、人の気配があり、小太りで背丈が低い、70歳を超えた白髪まじりの女性が、手前の部屋のドアから出てきた。

「こんばんは、すみません、出るのが遅くなって……。私がここの寮母です。平岡さんですね。夕方に大阪支社から電話連絡があり、お待ちしておりました。お疲れ様でしょうね。外は寒くなかったかしら。東京は、4月でも、桜が咲き終わらないと春になりませんのよ。どうぞ中へ」優しい物腰と訛りのない言葉に幸三は、「こんなに遅くなり、すみません。平岡です。明日から、東京の本社に勤務する予定なので宜しくお願いします」と紋切り型の短い挨拶をして、寒さで冷え込んだ体を、寮の玄関に押し込んだ。

寮に入ると、すぐ左側に大きな広い部屋があり社員食堂と説明をうけた。真ん中に、大きなテーブルがあり、箸や、爪楊枝、醤油瓶などが置いてあるのが見えた。すでに、食事が済んでいて、蛍光灯の白い光はテーブルを寒々しく照らしていた。

幸三は、寮母のあとをついて廊下を歩き、左右5室ずつ並ぶ奥の左から2番目の部屋に案内された。

部屋に入ると、寮母が、振り返り「私、大塚照美と申します。私の部屋は、隣の女子寮の入り口を入った手前の部屋です。何かご用事があれば、いつでも声をかけて下さい。今日は、遅くなると聞いておりましたので、みなさんはすでに夕食は済んでおりますので平岡さんのために、おむすびを5個作っておきました。どうぞ、召し上がって下さい。お茶は、机の上の魔法瓶に入っておりますし、その湯呑みをお使いください。お疲れでしょうからまた、明日伺いますから。ゆっくりお休み下さいね」と要領よく話をして、部屋から出ていった。幸三は、寮母が部屋を出ていく際に、大阪駅で買った河内もなかを「これからお世話になります」と手渡した。

部屋は8畳ほどで天上の丸い蛍光灯が、主人を待っていたかのように黄ばんだ畳を照らしていた。寮は独身者用に作られた、いかにも社宅そのものであった。家賃が要らないとはいえ、物が最低限しか置けず、造り付けの洋服ダンスと小さな70センチほどの小机と簡易型ベッドがあるだけだった。必要なものを少しずつ買い揃えなければ、暮らすには不自由であった。幸いトイレは部屋にあり、風呂場と洗濯機は共同利用することになっていると聞いて「まずはここで頑張ろう」と明日の本社勤務に備えて深いため息をついた。

スーツケースから、背広を取り出し洋服ダンスに吊るし、明日から始まる出社の準備をした後、長旅の疲れで、横になった瞬間に寝入ってしまった。翌日、指定された会社の住所を地図で探し、指定された時間より10分前の午前8時20分に到着した。会社は、同じ大田区蒲田区にあり大きな幹線道路に面して白いタイル張りの5階建てのビルで、その大きな窓がビルの体勢には不釣り合いなほど広々としていた。「俺はここで働く事になるんだ。頑張るぞ」と声に出し、頑張れば何とかなるし、やればそれだけの事が返ってくると、若者らしく自分を励まし納得させた。

「大立工業」と不釣り合いに大きく金色に刻印された表札が会社の正面玄関を飾っていた。透明な厚手のガラスで作られた両開きの扉は、高さは3メートル以上もあり、大人が4人ほど一度に入れるほど広々していた。その門構えは、いかにもこれからの会社の繁栄を暗示しているようであった。幸三は、扉の前で一息つき深呼吸をした、そしてその扉を開けることで、東京での新しい人生が始まることを確信した。

近づくとドアは自動で開き、10メートル先の黒地のタイル張りの壁の正面には、緑色の半円形の大理石製受付カウンターがあり、一人の女性が座っていた。

色白ではなかったが、小さく細長の顔に切れ長の涼しい目をもち、精悍そうな顔立ちだった。身長は160センチには届かない。

カウンターに近づくと、女性は立ち上がり、会釈し、話し始めた。「おはようございます。朝早くから、ご苦労様でした。平岡幸三さんですね？　お待ちしておりました。東京で勤務される営業部の、竹本部長が2階でお待ちしております。ご案内しますので、どうぞ私についてきてください」と丁寧な挨拶を受け大きなエレベーターに乗り込んだ。

通常、社員は9時30分から出社するため、会社は澄んだ空気に満ち、シーンとして静寂そのものであった。2階に着くと、右に曲がり奥まった突き当たりの部屋に案内された。受付嬢は、ドアをノックしドアを開け、「平岡さんをお連れ致しました。どうぞお入りください」と告げ入室を促しその場を離れた。幸三は少し緊張気味な面持ちで、部長室に入り名前を告げ、部長からの言葉を待った。早速、部長が話し始めた。

「平岡君。大阪からの転勤お疲れ様でした。私は、営業部長の竹本です。君を大阪から東京に赴任させる人事を総務部に打診したのは、当社の社長と私です。これからは、モータリゼーションの時代です。すでに、東名自動車道は全線開通しました。3年前の話ですが、これからの時代は、自動車が社会のキーワードとなります。

つまり車社会に突入する訳です。車で、荷物を運び、車が人を乗せ、車で営業し、一般の人々が車を購入し、日曜日や休暇は家族と車で外出し生活を楽しみます。東京には、多くの会社が集中し、大手の自動車会社も東京に集っています。自動車部品を提供する我が社の大立工業も、これからさらに躍進し大いに発展する予定です。

そこで、私が大阪の人事部に優秀な人材はいないかを、問い合わせしました。

大阪支社からの推薦で、平岡君と高岡君が推薦された訳です。平岡君は人事評価書類でも高評価で期待しておりますので、大阪での営業よりさらに、良い結果を期待しております。頑張って下さい。

高岡君は、専門性が高く、製品を作る精度が高いことが、評価されて、10月に開設される工場の後輩の精度管理責任者として、スタッフの指導にあたっていただく予定です。大阪から選ばれたチームとして頑張って下さい。

9時から、仕事の手順を、前任者から、申し送り事項を聞いて下さい。ところで履歴書を拝見すると、良い大学をご卒業しておられますね。何を専攻しておられましたか？ご出身はどこですか？」など矢継ぎ早に質問があり、幸三が丁寧に返事をした後、突然、唐突に「平岡君は、学生運動には参加していませんでしたか？」と質問された。

「ないです」と　即座に返事をしてしまった後、自分は、狡くなったと自責した。

引き続いて、会社の概要と、幸三に営業マンとして、期待している具体的な営業内容を告げられ、まもなく前任者が来るので、1階の受付カウンターの前の椅子にかけて待つように指示があった。

幸三は先ほど来た廊下を戻り、エレベーターで1階まで降り、先ほどの受付カウンターに行き、椅子にかけて、時間を持て余していた。する事がなく、広いエントランスから外を眺めていた。何気なく振り返り受付にいた女性の名札を見ると、大村恵子と書かれていた。程なく、前任者が到着し営業部室に案内され、指定された幸三の事務机で申し送りを受けたが、仕事は、大阪と同じ内容なのですぐ馴染めた。

前任者から、会社の施設設備やロッカー、社員食堂などの説明があった。要領はいいが、東京人のきつめに話す硬い物言いと、無駄のない言葉と笑顔のない会話に慣れるのには半年を要した。逆に含みがなく、会話の裏に疑念を詮索しなくていいことは、幸三にとっては楽で好都合であった。東京は、とにかく広く、主幹道路の環状7号線、8号線は常に車が多く、渋滞していた。首都高速道路も狭い2車線で慢性的に渋滞しており、高速道路を使用しても時間の予測がたち難く、営業でのアポの時間は、余裕を持つように設定した。住宅街の細い抜け道も少しずつ覚えて、どうにかして、指定された時間に間に合うよう努めた。指定された時間に到着しなければ、仕事がキャンセルになる。東京に赴任して、半年が経った。仕事と、営業での相手先への対応の仕方と、営業先への順番など、東京の混雑と喧騒に満ちた生活に慣れはじめてきた。

東京に赴任して、やがて1年あまりが経った。日本の産業はさらに好景気に沸いており、物流、製造業、医療、自動車産業など、あらゆる産業、業種も活気を帯びていた。賃上げは、32・7%と好景気で誰もが裕福感と幸福感を持ち、企業の収益は一層、上昇し、国内産業と国民生活は、消費へと向かい活気を帯びていた。

営業は、1日、5件までとし、アポイントでの営業は誠実に対応し事案は一件、一件、確実に営業し、消化した。4年間大阪で営業を行い獲得した大阪訛りが、面談では、妙に笑いを取りやすく、幸三の訪問を楽しみにしてくれる会社も出てきた。幸三は、自分の薦める部品には自信と誇りがなければセールスはできないと常に考えていた。自分で製品の詳細を確認し、理解しにくく分からない事は、製造部門に出向き、幸三自身が納得するまで、説明を受けてから営業に出かけた。

仕事に慣れてきた頃、営業部長から、自宅への食事に招待された。昼休みの雑談の中で、部長の家は、目白にあり、会社からは小一時間ほどの、山手線目白駅を降りて、歩いて5分ぐらいと聞いていた。突然の誘いに、戸惑いはあったが、断る理由もないので招待を受ける事にした。招待された当日、遅れないように早目に着くように段取りし、駅前のお洒落なケーキ店で女性が喜びそうな気の利いた美味しそうなケーキを多めに購入し、手土産として持参した。部長は、営業部で将来有望な社員を、自宅へ招待し、食事を振る舞う習慣があると受付の大村さんから聞いていた。営業でのアポイントメントの時間は、正確に指定された時間に出向いたが、自宅への訪問は、故意に5分ほど遅らせるのが常識と考えていた。

目白駅から、数分歩いた閑静な住宅街に部長の家があり、いかにも、サラリーマンとして成功した家構えであった。門は、鉄の両開き門で、塀は白い漆喰で塗られていて、センスが良い。幸三も、早くこのような家を持ちたいと思った。指定された午前11時前に着いたが、周辺を少し散歩し、11時5分になったので、門にあった最新式のおしゃれなブロンズ製のチャイムの釦を押した。インターフォンから「どなたですか？」と声があり、「今日、お招き頂いた平岡です」と返事をし「門は、開いておりますので、そのままお入りください」と返事があった。幸三は、門を丁寧に閉めてエントランスに入った。敷地内の庭は、イギリスの庭園を思わせる四季折々の花が季節ごと咲くように計画されて配置された植栽と、ラベンダーの紫色の良い匂いを感じながら、玄関の前に着く頃には、背の高いドアが開き、部長の奥さんと思われる50歳前後の女性が、家に招き入れてくれた。「平岡さんですね。主人からお聞きしてお待ちしておりました。今日は、平岡さんは、独身だから、ろくな物しか食べていないでしょう！　主人からちゃんと聞いておりますわ。それに平岡さんは優秀な営業マンですってね」と軽口を交えて休みなく話を繋いだ。玄関は2畳もあるタイル張りでかまちは低く、靴を脱ごうとしたら、すでに、先に来客があるらしい。エナメルの黒い小さめのハイヒールがきっちりと、揃えられ端に慎ましく置かれていた。「応接間へご案内致しますわ。外は10月とはいえ、まだ暑いでしょう？　すぐに家はお分かりになりましたか？　どうぞこちらにお入り下さい」と話しながら案内された。幸三は、廊下を歩きながら、ハイヒールの女性は誰だろうと考えているうちに応接間に着いた。応接間は、12畳ほどの広さで、上等そうなマホガニーのセンターテーブルが置かれている革張りの3人がけのソファが向かい合わせに置かれていた。壁には、30号くらいのモダンで洋風な赤い外国の家などが綺麗に描かれており、本物の油絵とすぐに分かった。

応接間に入ると、部長はすでに、ソファにかけており、反対側には、見慣れた女性が座っており、部長と談笑していた。女性は大村恵子であった。「お邪魔します」と声をかけ、部長の指示を仰いだ。

「平岡君、大村さんの横にかけて下さい。今日はよく来てくれたね。会社ではいつもいい仕事をして頂き、頑張ってくれているので、君の得意先での評判は良い。今日は、労いの食事会だから、遠慮なく食べなさい。後で、先ほど案内してきた妻と娘の美紗子を紹介するから」

幸三は、期せずして横に座っている恵子の顔をじっくりと覗き込んだ。2年間いつも見慣れた受付にいるので、簡単な挨拶くらいで、はじめて、まじまじと、恵子の顔に見入った。会社で見る顔と、ここで見る顔は、明らかに違い、女性らしい優しい顔立ちで、清楚で、落ち着いた印象の女性だった。おかしな話だが、大村さんは、女性だったのか……。初めて異性として意識した。

香りの良い冷たいアイスコーヒーが出され、15分くらい世間話をしているうちに、奥さんが、「こちらへ、いらして」と声をかけられ部屋を移った。

食堂もやはり、12畳くらいで6人が余裕を持って食事ができる洋風の大きなテーブルがあり、すでに、色白で背が高く華奢な女性が座っていた。女性の横に部長が座り、反対側に大村恵子と並んで座るように促された。女性は自分から自己紹介を始めた。「初めまして。娘の美紗子です。父がいつも、お話ししている、平岡さんと大村さんですね。いつも父がお世話になっておりありがとうございます。父は、会社では厳しいらしいのでしょう？　でも、家では、優しくて、全然違いますのよ。これからも、父と会社を支えて下さいね。今日は、母の手料理を召し上がって、ゆっくりとお過ごしして下さいね」と全く物おじしない、大人じみた物言いで挨拶され、2人とも恐縮してしまった。

「娘は、昨年、有名女子大学の英文学科を優秀な成績で卒業して現在、花嫁修行中の身でね。全くの世間知らずで誰か、優秀な男がいたら、くれてやるんだが……。ハッハッハッ」と部長が真顔で娘を自慢しながら、紹介した。「パパ！　私はやるやらないの、物じゃありませんから、本当にお父さんたら、デリカシーに、欠けているのね。最近の女性には、個人として扱われる権利と女性の社会での地位と評価があがっているのに……」と美紗子は怒ったように横槍を入れた。あとは他愛のない世間話と会社の話であっという間に3時間が過ぎた。東京に来て、初めて、都会の美味しい手作りの家庭料理を腹一杯食べた。

部長と、大村恵子とも、初めてゆっくり話ができて充実した1日であった。

食事が済んで、２人で、食事に招待されたお礼を言い、朝通って来た、目白駅まで一緒に帰る道すがら、恵子がポツンと呟いた。「私は、美紗子さんの、引き立て役でしたね。さようなら、また明日、会社でお会いしましょう」と言い、ちょっと寄るところがあるので、駅のホームで、別れた。

大村恵子は、瀬戸内の愛媛県伊予郡のみかん農家の小作人の次女として昭和24年に生を受けた。母紗子の母乳の出が悪く、山羊の乳で育てられた。２人姉妹で、姉の綾子と両親の４人家族であった。父守は、愛媛で生まれ、近代化の進んでいないみかん畑を耕作し、正直が取り柄の典型的な零細小作農であった。みかんの手入れ以外に、はだか麦作りの畑と、農閑期の空いた時に港の漁業を手伝い収入を得ていた。戦争の傷跡こそなかったが、その時代の日本の多くの地方が貧しく生活は楽ではなかった。伊予郡は戦時中、アメリカ軍のB29の攻撃が少なく大阪からの疎開先に指定されて、3年生から6年生までの小学生を500人ほどを受け入れていた。恵子は、地元の小中高校と学校を卒業し、持て囃された集団就職者として上京した。就職先は大立工業という、東京の蒲田にある自動車部品を製造する会社の本社に就職し、総務に配属されていた。

この会社が特別に、何が良いという訳ではなく、会社が行った地元の高校での、地元出張就職説明会で聞いた、東京という名前が、刺激の少ない地方に住む恵子にとって、妙に田舎の女子高校生の感性に受け入れられた。東京は、エネルギーに溢れていて、テレビ、ラジオ、ファッション雑誌などで、広く宣伝されていたので、女性には憧れの就職先であった。東京は、戦争戦禍から急速に立ち直り、東京オリンピックが終了し、浅草、銀座、新宿、渋谷などを中心に文化や、流行の最先端であり、エンターテインメントの中心でもあった。日本の多くの企業が本社を構えていた。当時、東京は、就職し、結婚して、人生を謳歌するという目的を成就させる就職先で、同世代の女性にとって、憧れ夢みる就職先であった。恵子を含めた、若者たちは東京で就職し、仕事を通じて、自分の将来を切り開くチャンスを求め始めていた。恵子は明るく、物おじしない性格で、18歳という若さが東京に就職することを決断させ、上京することには、何の躊躇と抵抗もなかった。一方、遠方で知らない土地に娘を就職させることには、どこの親でも感じる漠然とした不安があったが、家制度の名残で「長女の綾子が伊予に残るなら、恵子には好きな人生を歩ませないと」と、守は、自分に言い聞かせ上京する事を、気持ちよく受け入れ東京に送り出した。高校は3月10日で卒業した。彼岸の中日の3月21日には、祖父母の墓参りを済ませ、村の鎮守にお参りしてから紗子と翌日の早朝に2人で上京した。長旅であった。船で岡山まで出て、国鉄に乗り換え、東京駅に着いたのは夕方遅くであった。会社の寮に着いて、寮母に簡単な、挨拶を済ましたが、長旅の電車の中での昼食以外食事を取っていないため空腹で死にそうであった。寮母に近くで食事が取れる場所を聞き、母と定食屋の暖簾をくぐった。

「母さん、だんだんありがとう。恵子、東京で一生懸命、頑張るから心配しないでね。落ち着いたら連絡するから。もし何かあったら母さんにすぐに電話するね」と気概だけの保証のない言葉で母を安心させようとした。寮に戻り、紗子と一緒に夜を過ごし、一晩中、小さな時からのなつかしい出来事や、東京での希望などを語り合った。話は尽きなかった。恵子は、4日後から始まる東京での生活に夢と希望で心は満ちていた。翌日、上野公園に行き、2分咲きの桜に背を押され、飴を売っていた名残や、米兵の払い下げの軍備品を売っている御徒町商店街を通り、東京駅まで30分ほど歩き紗子を、東京駅から見送った。東京駅は、東北、関西へ帰省する、あるいは上京する人々の玄関口で、あふれるほどの群衆で混雑していた。

「父さんのお世話とみかん畑の仕事があるけえ……」と紗子は、恵子の東京での生活に母としての不安を抱いたが、一言も、おくびにも出さず笑顔で恵子を励まし、伊予に帰った。別れ際、「何かなくても、手紙を書いて、つかあさい。みかん畑の仕事があるからもんでこうわい。元気でいるんじゃよ」と寂しそうにこれから、東京で一人、生活する恵子に母親としての精一杯の励ましの声をかけた。

幸三も、東京で、一人というのは、気楽でもあるが寂しい。

上京した若者の人生の目標は、恋愛して、結婚し、家庭を持ち、マイホームをローンで購入し、子供を産み育てる。これは当時の若者の、ごく当たり前の手が届く、慎ましい夢であった。男は仕事で忙しく一生懸命に家族のために真っ当に働き、女性は家庭を守る専業主婦が多かったが、自分で会社を立ち上げる女性も増えつつあった。今日は、午後の3時からのアポイントメントなので、久しぶりに会社の食堂で遅い昼食を取った。食堂に設置してあるテレビが、戦後29年も経過したルバング島で日本兵であった小野田寛郎元少佐が救出されたと、報道していた。高岡の父の出兵先のフィリピンで辛酸な思いと、精神障害を患ったのは、フィリピンであった。まだ、日本の戦争は終わっていないと、幸三は、思った。この年の7月にロッキード事件が起こり、日本の首相である田中角栄が逮捕され、戦後最大の汚職事件と報道されていた。

政治家は、国民の生命と財産を守る義務と責任、日本国を発展させるのが役割であるのに、「何か、狂っている」と一人嘆き、「国民を騙し、私腹を肥やす政治家は悪い奴」だと呟いた。

幸三は、東京に赴任してから5年目を迎え、31歳になった。

ベトナム戦争はアメリカの敗北で終わり、南北は統一された。円は、1ドル175円50銭まで円安が進み、冒険家の植村直己が犬ぞりを駆使して北極点に到達した。国内では、成田空港が開港し、景気は、神武景気と呼ばれる安定期に入り、幸三の仕事はますます、順調に増えていった。

1年は忙しさの中で、あっという間に過ぎゆき、年末の12月になった。世の中は、年末の残り少ない日々を、正月を無事に迎えられるように必死で働いていた。街は、クリスマスのジングルベルの音楽や年末商戦のための煌びやかなイルミネーション、道路に流れでる雑音に近い客を呼び込む派手でにぎやかな音楽、そしてクリスマスの飾り付けやイベントでごった返していた。

毎年恒例の大立工業の忘年会が、今年は新宿の一流ホテルで開かれた。東京のホテルはいつも営業の途中、横を通りすぎるだけで、幸三には縁がない場所であった。しかし、指定された時間にホテルに到着すると、その壮麗さに圧倒された。広大なロビーは、豪華で高級な調度品で彩られ、一つを見ても、普段訪れることのなかった幸三にとっては、その光景は別世界のようであった。

毎年、幸三の年末は、得意先の挨拶回りで忙しく、忘年会に出席することは一度もなく、時間も取れず参加したことはなかった。部長から、「今年の忘年会には必ず、出席するように」と固く言われていたため、仕方がなく参加することにした。会場に着くと、広い会場は人で溢れてはいたが、期せずして、総務部のテーブルは幸三のテーブルの真横で、恵子は手を伸ばせば届く距離に座っていた。

幸三は恵子に、儀礼的に軽く会釈し、指定された席に座った。

忘年会は、円形のテーブルに8人がかけて、おおよそ25テーブルくらいあり、200人くらいの社員が出席していた。会社の営業業績が今年は前年の4倍以上向上したため、盛大にホテルでの開催が決定されたと、会社月報で告知されていた。

忘年会は予定通りに順当に進行し、社長から、今年の売上高が好調で、利益も増収したことへの感謝と労いの言葉と、社是の確認と、これからの会社の方向性、来年の営業目標についての挨拶があった。次に今年、活躍し表彰される社員の名前が発表された。

最優秀社員賞は営業部の山田忠雄さんで、社長からオートバイの目録と副賞の5万円が手渡された。続いて優秀賞が発表された。優秀賞は3人で、製造部門の北野貢さん、武田公夫さん、営業部の平岡幸三さんと、予期せず幸三の名前が呼ばれた。

幸三は、開宴の乾杯で久しぶりに飲んだシャンパンでほろ酔い気分だったのと、自分の名前が突然呼ばれたことに驚いた。緊張のあまり、立ち上がる際に足がもつれ、ふらつきながら、恵子のいるテーブルに倒れ込んでしまった。

会場から、どっと大きな笑い声が湧きあがり、幸三は「突然な事なので、びっくりしました。すみません！」と恵子の座っているテーブルの人々にお詫びを言い、司会者の指示で、幸三の席から遠く離れた演壇へと向かい、40センチほど高いステージに上るための2段の梯子階段を上り始めた。自分の仕事が認められたことが嬉しくなり、顔がますます、火照り上気した。司会者から、表彰される社員と部署名が再度、紹介された。

幸三は、社長より直々に表彰状と副賞の2万円を受け取り、「ありがとうございました。本当に夢みたいで、嬉しいです。来年もまた、今年以上に頑張ります」と素直に受賞した喜びと感謝の言葉を述べ、会場の方に向き直った。立礼し転倒しないように十分注意して、自分の席に戻った。

「おめでとう！」「やったね！　おめでとう！」「すごいね！　おめでとう！」との祝福

の言葉が、同僚を含めて、会場のあちらこちらからもたらされた。幸三は、会社とそのスタッフから認められている事を実感し喜んだ。

　隣の席にいた恵子も祝福してくれた。

　忘年会は、社員の有志による余興があり、歌が披露された。女性からは、岩崎宏美の『ロマンス』や、小坂明子の『あなた』、男性からは森進一の『冬の旅』、中村雅俊の『ふれあい』が披露された。社内で申し合わせていたのだろうか、男女社員によるデュエットで梓みちよの『二人でお酒を』なども披露され、幸三は素直に楽しいと感じた。食事はフレンチコース料理で幸三は、受賞もあり、今年一番の美味しい食事を味わった。2時間あまりで、忘年会は、ざわめきと興奮の中に終わりを迎えた。会場の出口には、会社から社員全員に、クリスマスプレゼントが用意されていた。年末であり、気の合う社員同士は2次会に、ネオンの輝きの中に消えていき……女子社員は、ホテル内の喫茶店に行くグループもいた。社員、それぞれ、1年が無事済み、会社がますます発展する事を念願していた。幸三は、明日も早朝から、仕事のアポがあり、山手線で寮に帰ろうと新宿駅のホームに行く途中、恵子と偶然、出くわした。成り行きで、一緒に帰ることになりホームに向かい歩き始めた。12月の空気は冷たく旋風が目の前を横切り、突然白い綿の塊が、上下左右に踊りながら空から舞い落ちて、幸三の頬にくっついた。手で触ると冷たい。白くなった夜空から、次々に降ってきた。恵子が、「あら、初雪？　明日は、積もりそうね！　急いで、帰りましょう」寒さの中、ホームに着くと電車が来るまで時間があり恵子から、改めてお祝いと労いの言葉がかけられた。恵子も、幸三も乾杯のワインやビールなどで、顔がほんのりと赤く染まっていた。恵子は、酔っているせいか、いつもとは違い饒舌に早口で話しかけてきた。

「平岡さん。実は、私たち総務部の、特に受付は主任から、厳重に、社員同士や、上司との社内恋愛の禁止と、受付カウンターでの社員と会話は、必要最低限にするように厳しく指示されているの。だから、話したくてもお話できなかったの……。受付は、会社を代表する顔なので、すごく気を使い来訪者や、会社員全てに公平に、要件は手短に丁寧に、電話対応は顔が見えないのでさらに気を使うわ。相手が目の前にいるようにイメージしながら話すように指導されているの。平岡さんの事は、いつも気にしていたのに、話せなかったの……。でも今日は、話せて嬉しいわ……」

幸三は、全く考えの及ばなかった、初めて打ち明けられた恵子の言葉に驚いた。程なく、電車がホームにゆっくり滑り込んできたので、一緒に乗り込んだ。

恵子とは、話しなれていないため、話す話題も見つからないまま、しんしんと降り注ぐ綿雪と、窓外に流れ行く都会の夜の風景を目的もなく目で追っていた。車内は、年の瀬を無事に1年を終えてほっとした人々の顔を見ながら、帰り急ぐそれぞれの人生を想像し、「何を考えて生きているのか」と、思いあぐねているうちに蒲田駅に着いた。駅前の道路は、すでに降り積もった雪で真っ白になっていた。歩き始めると雪で、恵子が足を取られ滑りそうになった。手を握って「怪我をしなくて良かったですね」と幸三は優しく言葉を添えた。

「社員寮までの道が暗く寂しいので、今日は、私を送ってくださいね」と、恵子が耳元で、甘えるようなしぐさで囁いた。

第4章

年が明けて幸三は32歳、恵子は29歳になった。

その年の1月に全国共通一次試験が初めて実施され、7月にソニーのウォークマンが発売された。幸三は、テレビや、ラジオでしか聞けない音楽を、持ち出せることに、確実に時代が変化していると感じた。早速、購入し、カセットに自分の好きな音楽をレコードから録音し、ヘッドホンで聞いた。幸三は、忙しいのでお金を使う機会がないので、貯金は多少できていた。恵子も浪費家ではないので、結婚資金くらいの貯金は用意できていた。2人とも、関西出身で裕福な家庭ではない境遇もあり、交際は当たり前のよう質素に、着実に進んで行った。仕事が済んで退社した後、他の社員の目に触れないように約束しデートを重ねた。話す機会も少しずつ増え、交際は、月1回から2回と日が経つにつれて数を重ねていった。繰り返し会うことで、互いを認識するようになり、話すことで確認し、知り合い、2人で頑張ればなんとかなると、いつの間にか自然に、共通した目的である結婚を意識し始めていた。

交際が始まり、1年あまりが過ぎた。幸三は、恵子と結婚することが自分の運命と感じ、決意を固めた。会社の夏休みに、岡山に帰省し、恵子に両親を紹介するため、一緒に岡山へ来てほしいと話した。恵子も同じ思いで、幸三との世帯を持ちたいと望み、即座に結婚の申し出を受け入れた。2人で帰省の計画をたて、手土産を、用意し、村に帰省した。

二人は、雅之、美弥に結婚を前提に交際していることを告げ、両親に結婚の承諾を申し出た。

両親は、そんな歳になったと子供の成長を喜んだ。平岡家を継いで、守ってくれるように願い、快諾し婚約を祝福した。幸三の人生の伴侶になる恵子との、出会いを仏壇の先祖に報告し感謝した。その2日後、恵子の実家の伊与市を訪れ、幸三と恵子は正式に結婚の承諾を申し出た。恵子の両親も性格が明るく、誠実そうな幸三との出会いと婚約を祝い、新しい息子ができる事を心から喜んだ。両家から、祝福され、新たに2人はともに築き上げる人生を歩み始めた。

結婚式の日取りは、翌年の3月23日と決め、幸三の希望で、岡山市内の各式のあるホテルで細やかに挙行されることになった。2人で心を込め案内状を送り、着実に準備を進めた。恵子は突然、呟いた。「幸三さん、私ね、高校生の頃、一人で田舎から東京へ出てきてしまい両親へ何もしてあげてないの……。結婚式で成長した私を見てもらいお礼をしたい……。子供ができたら、里帰りをたくさんしたいけど良い？」恵子の小さな希望であった。

　恵子は結婚式の1ヶ月前に会社を退職し、結婚後、新しく始まる生活の準備で忙しい日々を送っていた。両家からの出席者は、平岡家16人、大村家が16人、恵子の地元からは、両親と両親の兄弟夫婦、親戚一同と、東京本社から、部長、大阪の支社から2人を含め約34名が参列した。幸三の招待客はチャーターしたバスで会場に、恵子の親戚は、フェリーとバスで岡山の会場までやってきた。

　結婚式は、神前で執り行われた。幸三は平岡家の左三つ巴紋の紋付を纏い、恵子は、白無垢を着た。参進、修祓、献饌、祝詞奏上の手順で式は進み、誓詞奏上、新郎新婦が3つの盃で御神酒を交わし夫婦の契りを結ぶ三献の儀が行われた。神と人の心をつなぐ玉串奉奠、指輪交換の儀、巫女舞奉奏儀で参列者全員に福を授け、親族固めの盃で、両家親族に用意された盃に巫女が御神酒を注ぎ、全員が起立し御神酒を飲み干し、両家が親族の契りを交わし、幸三と恵子は慶の中、緊張の内に厳かに、粛々と婚儀を進め、無事に終了した。

親しい人々の中で、2人の人生の始まりの証人として絆を強く感じさせる温かい落ち着いた挙式が執り行われた。

挙式が済み、家族紹介が終わると、2人は披露宴会場に移動した。披露宴会場では、新郎新婦が新しい衣装で登場し、会場全体が驚きと歓声に包まれた。幸三は、タキシードを、恵子は、ボリュームのある赤いロングドレスを纏い、髪型はアップにし慎ましく繊細に光る髪飾りをつけていた。これほどに美しく清楚に輝きを放つ女性が近くにいることにさえ気が付かない幸三の不器用さが、幸三の性格を映し出していた。

雄蝶雌蝶の祝宴は、緊張も取れて、和やか進行して行きこれから始まる新しい物語の始まりを告げていた。

恵子は、多くの女性が感じる、幸三に愛されている喜びを実感し、幼い頃抱いていた夢や理想を、幸三という新しいパートナーと未来への希望や夢を一緒に共有し実現できる喜びで心は満ちていた。

田舎の人々は、慣れない手順で、自分の席に、用意されたフルコースの洋式の食事を見よう、見まねで、食べていた。双方の友人代表からの祝辞と、お互いの親戚代表からの挨拶が続いた。幸三は来賓者として大阪支社勤務時代の部長、恵子は蒲田本社の総務部長からの祝辞を受け取った。

披露宴の中盤になり、幸三と恵子は、キャンドルテーブルラウンドをし、列席者の幸せを祈り感謝した。各テーブルからは、「おめでとう。お幸せに!」「いつまでも、仲良くね!」「わー、綺麗。末長く、お幸せに」などと声がかけられた。その後、新郎新婦の両親も、片手にビール瓶をもち、招待客のテーブルを巡りながら慣れない感謝の挨拶を交わしていた。「気の付かない息子で……。まだ未熟な2人を、何卒宜く、ご指導下さい……」と恵子の両親もテーブルラウンドをしていた。「結婚式に来てくれて、ほんまにありがとの。元気じゃった?」恵子も久しぶりに会う肉親と、親戚に、伊予弁丸出しで感謝と結婚の喜びを伝え、お祝いの言葉を受けとっていた。双方の両親をはじめ、親族も、お互いの家族同士が、親戚になった喜びで返盃を交わしているうちに、両家両父母への花束の贈呈が行われた。その後、両家を代表して新郎の父が、式に参列した人々にお礼の挨拶を終え、一生に一度の祝宴は華やかに幕を閉じた。幸三と恵子は、新郎新婦の座る雛壇に戻り、夫婦になった喜びを、2人の瞳に宿し、心から深い愛情を感じ合っていた。恵子の目には嬉しさから涙が光り、「幸三さん、改めてよろしくお願いします」「恵子、一緒に頑張ろう」と改めて誓いを交わした。

当時、新婚旅行は、ハワイが人気スポットであり、一生に一度の贅沢を求め2人は思い切ってハワイへ向かった。1週間の長期休暇を取り、旅行から帰ると翌日から、幸三は通常の仕事に復帰した。新居は、二子玉川の２ＬＤＫのアパートを借りた。２人で初めて築いた小さくも慎ましい城の城主とお姫様になった。恵子はアパートで２人の城を守りながら新しい生活を始めていた。

第5章

幸三の仕事は順調で、会社の業績も高度経済成長の波に乗り右肩上がりに売り上げは増え、増資、増産を行い、成長を続けていた。幸三は、33歳となった昭和55年に、平和運動を、全世界的規模で展開していたビートルズのジョン・レノンが、自宅を出たところで、暴漢に拳銃で暗殺されたニュースを目にした。世界は、再び悪夢に襲われた。

恵子と結婚して、3年目に待望の第1子の女子が誕生した。「決まりごとを守り、美しい女性に育つように」との願いを込め美紀と命名した。5年目に男子が生まれ、優一と名づけた。優一には「平岡家を守り続けるように」との思いを込めた。日本は好景気でバブル状態で次々と、日本各地に大規模な、娯楽施設が誕生していた。

バブル景気の中、大立工業も、モータリゼーションの波に乗り躍進を続けていた。娘の美紀は大きな病気もせず、すくすくと成長し、小学校に入学した。幸三は、会社の課長に昇進し、これまで以上に仕事に追われていた。取引先への接待や昇進に伴う付き合いが増え、夜12時を過ぎて最終電車で帰ることも多くなり、家族と過ごす時間は殆ど取れなくなっていた。

まさに日本の、バブル景気の最盛期であった。大立工業も、新しい新興自動車会社からの注文が増え、松下自動車工業、黒田自動車工業、滝田自動車工業などから、処理できないほどの注文が舞い込んでいた。大立工業の本社は、大田区に所在していたが、製造工場は、愛知県、大阪、東京、福島、宮城県に分散し増設され、部品の製造依頼のある会社の特性とニーズに合わせた自動車部品を製造していた。会社は急成長し、手狭になった蒲田から、丸の内に本社を移転した。東京は、一流企業が集う営業のまさに最前線であった。社員数も地方従業員を含めて８００人から２０００人へ増え、業界では一流企業として躍進を遂げていた。ただし、同業者も４社から15社に増え、品質の良い製品を製造しないと、入札にさえ参加できず、取引先との交渉も困難な状況であった。ところで、幸三がいつも気になっていた会社があった。羽田工業は、川口市内に工場を構える会社で、やはり、大立工業と同じ、自動車部品を製造し、主に太陽自動車工業に製品を納入していた。

自動車産業は裾野が広く、自動車１台を製造するために３万以上の部品が必要である。小さなネジからメーター類、内装品、出版物、バッテリー、リレー、プラスチック加工品、ハンドル類など、一つの部品が欠ければ車は製造できず走ることもできない。

最近、入札では羽田工業は大立工業と競合することが多く、5円前後の僅差で、落札が失敗することもあった。羽田工業は大立工業の設計主任であった谷本宏が立ち上げた会社で、羽田工業の営業担当者とは、非常に因縁のあるライバルとなっていた。入札現場で、出会うことが増えていた。

新年を迎え、新たに自動車会社を設立した下山自動車工業から、新素材をもちいたドライブシャフト製造の依頼と入札の話が舞い込んだ。

下山自動車業は、新しいエンジンのテクノロジーを開発し、それは夢のエンジンと称されていた。部品には軽量化と強度が求められ、高熱によって、捻り強度を増すために高炭素鋼を加えるという高度な技術が、要求されるものであった。この事案は今年、最大の商談であった。この製品に、大立工業は新しい製造技術を投入する計画で、幸三は価格競争よりも企業の技術力、開発ノウハウ、チームワークの勝負だと考えていた。開発時間に余裕はない。

早速、社内で設計プロジェクトチームが招集された。まず、製造が可能であるかと、材料とコスト計算などを1ヶ月以内に結論を出し試作品と製造した製品の性能試験を期限までに実施しデーターを出さなければならなかった。下山自動車工業から入札が6月

15日午前10時に執り行われるとの、書面が郵送されてきた。総務課の下山自動車工業の内情に詳しい社員からの情報では、入札を予定している会社は、7社であると知らされていた。入札後、部品を落札できる可能性があるのは、大立商会と、羽田自動車工業で、他社は、入札できる可能性は少ないらしいと部長から聞いていた。入札説明会が入札に先立ち3月4日に行われ、入札4週間前までに、製品詳細図面と、サンプル製品の提出が要求されていた。入札は、6月15日に下山自動車工業の会議室で公開で行われる。困難な案件であったが、入札前日に、部長が入札要項を再確認し、入札金額を封筒に入れ、部長が厳重に封印をしてギギギリ間に合わせることができた。

入札金額を知っているのは、社長、工場長、部長の3人だけで入札金額が記入された封筒は営業部の金庫に保管され、金庫は規則で部長と社長以外は開けることはできなかった。入札の当日、部長と、幸三が入札会場に出向き、指定された下山自動車工業の会議室に9時40分に到着した。

会議室には、すでに、入札するために5社が集まっており、事前の情報とは違っていた。時計に頻回に目を落とし、入札時間を気にしながら、やはり幸三たちと同じように、緊張した面持ちで、入札開始の10時を待っていた。

9時50分頃、下山自動車工業の担当者が4人で入室し手短な挨拶を行い、入札の手順についての説明があった。

「みなさま、いつも、当社をご愛顧いただきありがとうございます。また、本日は、当社の入札に参加していただき、誠に感謝しております。当社は、まだ、自動車製造会社として設立し、本年で4年目を迎えたばかりです。モータリゼーションの流れは、今後、ますます、多様化し、一般の家庭にも一家に1台というように車が、普及し、自家用車を保有し使用する年代も広がり多様化することが予測されます。さらに道路交通網の整備も着々と進行し商業車を使用する企業も多様化し、今後、需要が飛躍的に伸び、発展する産業です。当社としては、御社から提供される優れた部品を当社の自動車に使用し、他社にはない、画期的で、斬新な独自性のある自動車を製造する予定であります。今回、入札に参加して頂いた各社に制作依頼した、部品は、当社の車製造に無くてはならず精度はもちろん、高度な鍛造技術がなければ製造できない部品です。すでに4週間前に提出して頂いたサンプル部品と設計図は入札に先立ち、当社の車に装着し試乗しております。本日は、当社の試乗で合格した、会社様のみに入札して頂く手筈となっております。入札金額を記入した封筒をテーブルの上に設置した鍵の掛けてある木箱に投函してください。投函終了後に、即時に開示致し、落札された会社様には残っていただき、今後の納入期日や、納入グロス数などについての説明をさせていただきます」

10時になると、各社に入札箱へ入札するように指示があった。大立工業は部長が4番目に入札金額が書かれた封筒を入札箱に入れ、先ほど座っていた椅子に戻った。入札金額と、製造技術には自信があり、落札は確実と考えていたので、他社ほどの緊張はなかった。

5社の入札が全て、終了、入札箱の鍵が解錠され、下山自動車工業の担当者が封筒を、用意していた鋏で開封し、入札金額を読み上げた。「田川工業様　341円、市川工業様　312円、大立工業様　298円、羽田工業様　296円、以上で、296円を入札した羽田工業様に決定致しました」と発表があった。

部長と幸三は、意外な入札結果に驚き「えっ‼」と思わず声を上げた。製品と、値段には、十分な自信があり、大きなプロジェクトであったので、幸三の落胆は大きかった。遠くから、羽田工業のスタッフがこちらを見て何かを、話していた。部長はすぐさま、電話で入札結果を社長に報告したが、2円差の入札金額の不自然さに、全員、疑念を抱いた。

「羽田工業様は打ち合わせがありますので、ここに残って下さい。入札できなかった会社のみなさん、ご苦労さまでした。次回、他の部品での入札にご参加下さい」

果たして2円の差は、偶然か？

落胆した沈んだ気持ちのまま、無言で重い足取りで会社に帰り、部長と一緒に社長を訪ね、事の始終を報告した。社長は、「僅差でしたね。当社が少し、入札金額が高いわけですから、今回は、負けましたね。それになんら、入札金額が漏洩する証拠がありませんので仕方がないでしょう」社長も入札金額が、漏れていると感じていたがそれ以上のコメントはなかった。

この事件があり、社内の商品の情報管理が一段と厳しくなった。1年後にもギアの入札で、再度、同じ経過で入札できず社内から入札情報の漏洩があるのではないかとの深刻な疑惑が浮上した。幸三にとっては、全く、理解し難く考えの及ばないことであった。後で、判明したが、1年前の入札が不調に終わった事に入札価格の漏洩の疑念があり、社員には内密に、情報漏洩調査チームが立ち上がり、疑念がある社員4名が、リストアップされていたらしい。

その後、ギアの入札でも極差で落札できなかった。羽田工業の谷本宏と親交があり、2年前に総務から営業に配置された斉藤由紀子が、入札情報を漏洩している疑惑があり、聞き取り調査をしたが、具体的な証拠がなく終了した。

しばらくして新規のスタピライザーの入札があった。入札金額を、大立工業の見積りを単価152円として、記載した封筒を、斉藤由紀子の机から見えていた営業部長の机に放置し、2時間後に金庫に入れて、入札当日は、147円で、入札した。羽田工業は150円で入札し、もちろん入札できず、これで、斉藤由紀子が入札情報を漏洩させていた犯人と断定した。厳しく問いただし、谷本宏と過去に親交が深く依頼を断れず入札金額を漏洩したと告白した。もちろん、馘首《かくしゅ》され法的な制裁も行われた。それから、情報の漏洩は全くなくなり、会社の事業計画も順当に遂行された。

昭和58年に中国自動車道が全線開通し、東北大学では、体外受精児が生まれた。昭和60年になりつくば万博博覧会が開幕し、8月には群馬県御巣鷹山に日航機が墜落し、不幸にも乗り合わせた520人が亡くなった。電電専売公社も民営化され、市場はさらに、活気づき、経済が躍進し、隆盛を極めていた。

1ドルは152円であった。まさにバブル景気の全盛期であった。

昭和62年に日本は世界最高の長寿国家となり、世界人口が50億人となった。元号が昭和から平成に改められた。ソビエト連邦が崩壊し湾岸戦争が勃発した。中国では、天安門事件が発生しベルリンの壁も崩壊した。世界は大きく変化し始めていた。さらに国内では、3%の消費税が実施された。

幸三は44歳になった。美紀は6歳、優一は3歳に成長した。美紀が、小学校に入学する年齢となり、勉強部屋が必要になった。結婚当時から借りていた二子玉川のアパートでの生活は、窮屈になり始めた。母親としての恵子の要望で、子供の教育環境が良く、生活するのに快適で、幸三にとっても通勤に便利で静かで快適な、住宅を探し始めた。恵子は、頻繁に地元の不動産会社や、住宅メーカーに足を運び、その詳細を逐一、幸三に報告し情報を共有していた。幸い、良さそうな住宅が見つかり、家族全員で現地に足を運び、練馬区石神井に新築住宅を30年ローンで購入した。

美希は、優一に「わー、広いお庭もある！　お外でいっぱい遊ぼう。優ちゃん、一緒に砂遊びもしようね」と一人興奮していた。

新居は、恵子が一人で探し、決めてきたようなものであった。恵子は女性であれば望む理想的な新しい家に住め、子供たちが喜ぶ様子を見て満足した。

購入した一戸建ての住宅はモダンな白い洋風造りで、60坪ほどの広さがあり、子供たちが泥遊びできる庭とガレージが設置されていた。2階には子供部屋が2部屋とホール。1階は、10畳のリビング、8畳の客間、6畳の食堂と夫婦の部屋は8畳で風呂場と納戸があり、気の利いたモダンな間取りの住宅で、幸三と恵子の第2の生活が始まった。

仕事は、忙しいけれど、やり甲斐のあるものだった。自分の会社が製造した部品で、自動車が走る。まさに疲れは溜まるが、頑張れば、成果が出ると感じていた。

幸三は子供たちとの時間が取れないことにいつも気を配っていたが、仕事も変わらず忙しく、家族との時間が取れていなかった。久しぶりで早く帰れた日の、夕食が済んだ時に、恵子に声をかけた。「来週、日曜日、新しくできた、幕張ランドに行こうか？部下から、アトラクションなどが多く子供たちがとても、喜ぶらしいと言われたから、何か予定はある？」あてにならない幸三の誘いに、恵子も答えた。

「そうね、もうそろそろ人混みも落ち着いたかしら？　次のあなたのおやすみが何時になるか分からないでしょうから、思い切って行きましょう？　でも、どうした風の吹き回しなの？」

幸三は、仕事に追われ馬車馬のように働き、いわゆるモーレツ社員を自認していた。結婚当時から、忙しさに紛れ、子供の教育は恵子に全て、任せっきりで、家族との時間は、まったく、作れていなかった。幕張ランドは、アミューズメントテーマパークとして、千葉県に開園し子供ばかりではなく大人も十分楽しめる娯楽施設らしい。部下からも、今まで見たこともない施設で、テーマパークごとに色々なキャラクターが登場し、グリーティングが楽しめるテーマランドがあり、アトラクション、エンターテイメントがあり、人気のあるアトラクションは待ち時間が1時間以上になると聞いていた。機会があれば、一度、行ってみたいと思っていたが仕事で時間が取れていなかった。子供たちと恵子のために時間は作らなければできないと考え、家族が喜ぶのならと思い切って出かけることにした。

舞浜駅を降りて、アミューズメントパークに向かう家族連れで、入場エントランスは、やはり混雑していた。10分くらい入場券を購入するまで並んで、ようやく入場した。施設は広大で、日本にある遊園地とは思えないほどの広さと、綺麗で整然と整備された園内は、絵本の世界が目の前に展開し、別世界に入り込んでしまった感覚に襲われた。

アーケイドを潜ると左右に、キャラクターの土産ショップが数え切れないほど並んでいた。

店の中では子供たちが大声で、はしゃぎ喜んでいる声が歩いている通路まで聞こえてきた。「わー、すごい！　可愛いい！　可愛いよ。お母さん、これ、買って！」と叫ぶ声が響いていた。幸三の目の前を急に横切る子供たちや、風船をしっかり握って広い会場のアトラクションに向かう、4、5歳くらいの兄弟。広場に入ると、可愛いキャラクターたちが大きな腕を広げ、笑顔で迎えてくれた。子供たち、その瞬間に絵本の夢の世界に迷い込んだ。美紀と優一は、テレビや絵本で見ている主人公が目の前にいることが、不思議で、初めのうちは恵子の後ろでスカートの裾をつかみ遠慮がちにしていたがしだいになれ、嬉しさで興奮し、すぐに、キャラクターの世界の住人となった。楽しい、あるいは怖いアトラクションなどそれに、手軽で美味しい食事を楽しみながら、恵子と、幸三は、子供たちの喜ぶ姿に、家族としての幸せをひしひしと感じた。「こんな世界もあるんだ」と思った。時間があっという間に経ち、夜の8時になっていた。軽快で、愉快な機械的なリズミカルな音楽が大きく流れ、点滅するイルミネーションで綺麗に飾りつけられた、馬車、レトロな自動車、カボチャの形の車の上で踊るキャラクターやダンサー、現実ではない、時間と空間の中でナイトパレードを観覧した。美紀と優一は、「キャーキャー、ウーウー」と大声ではしゃぎ、パレードが終了する頃には優一は遊び疲れ果てて幸三の背中で、熟睡してしまった。恵子は、美紀を背負い、帰りの電車の中で膝の上ですやすやと静かな寝息を立て幸せそうな穏やかな顔を見つめ、恵子と顔を見合わせ微笑んだ。「今日は、楽しかったね。子供たちも嬉しそうで、こんな子供たちが喜んだ姿は初めてだったわ。今日は、ありがとうございました。あなたも、疲れたでしょう」と声をかけ久しぶりで家族との貴重な仕事とは違った充実した時間を過ごした。

第6章

ところで最近、高岡の姿を社員食堂で見ていない。

高岡は、中学校時代のサッカー部のメンバーで数少ない友人の一人であった。郷里の同じ肌の匂で、性格は、真反対だが幸三は、妙に気が合った。高岡は無口で乱暴な物言いをし、時に激昂し、同僚や若い社員からは好かれてはいなかった。仕事は正確で無駄と隙がなく、他の会社の製品と比較しても明らかに良い製品を生み出していた。会社が早く終わった帰り道、偶然に高岡と出会った時には、どちらからともなく、安酒を飲みに、飲み屋の暖簾を潜った。

酒が入ると高岡は、いつも同じことをポツリと、低い声で言った。「今日も若造から、偉そうなことを言われた。部品を鍛造する作業工程で、この部品は型に鉄を注入する温度を、下げて注入したら、生産効率がいいに決まっていますよ。その方が効率と歩留まりが減るんじゃないですかっ⁉」と愚痴をこぼした。確かに、注入鍛造温度を下げると製品の生産数は増えるが、ひっぱり強度と硬度が減弱してしまい、破損する可能性がある製品になってしまう。「鍛造経験が少ないから、全く分かっていないんだよ。最近の、若い奴らは！」幸三は、高岡が、愚痴をこぼしている訳は理解できたが、部品供給が至上の目的では、若者にも理があるが、高岡の言う事には、営業職の幸三としては理解でき、共鳴し納得できた。

良い製品は効率ではなく、質が大事で、やはり良い製品は顧客から信頼され、受けが良い。営業マンとして肌で感じているために高岡と同じ意見である。

高岡は、酔うと会社では見せないほどの早口で口角泡を飛ばしまくしたてた。

部品製造工場では、バブルを経験している若者が多く入社して、自分たちの年代とは明らかに異なり、効率を優先するため、子供相手に口論すると同じで議論が噛み合うはずはなかった。高岡の言い分は正しかった。「高岡。時代が違うんだから、彼らの言い分を聞いて、試しに試作品を製造し、製品の質が低下した時、問題にすればいいんじゃないか？」と言い逃れし、お茶を濁した。

「課長、最近、製造部に行った時、高岡さんが療養中だと小耳に挟みましたが、ご存知でしたか？　どうしたんでしょうね」と部下の安岡が言った。気になったので、すぐに総務へ高岡の勤務状態を問い合わせた。総務からの返事では、「高岡さんから、療養休暇届が、出ており休職中」との返事があった。

高岡は、1年くらい前より、胃が痛いと言っては、頻回に薬局で胃薬を買い飲んでいた。仕事上のストレスが原因だと高岡は、いつも言い訳をしていたが療養休暇をとっている高岡の病状が気になり、手の空いた時に、高岡の自宅に電話をかけた。高岡は電話口に出ず、妻の葉子が代わりに電話に出たが、漏れ聞こえる、高岡のイライラしているような、不機嫌な話しぶりが遠くで聞こえた。

定期健康診断は会社が行う義務があるため、肺のレントゲン撮影や血液検査などは受けてはいるが、胃検診は任意のため自己判断で診療所に行き行なう程度であった。

葉子からは、「まだ、精密検査中で結果が出ていないので、病名は分からず、判ったら連絡しますから。ご心配をおかけし申し訳ありませんね」と言われ、病状については、何の説明もなく電話が切られた。

4日後に葉子から電話があった。

葉子の説明では高岡は、胃の痛みで自宅療養していたが、改善しないためいつも胃薬を処方されている自宅近くの小さな診療所を受診し、精密検査を勧められ、病院を紹介されたらしい。病院では、バリウムによる胃の検査と、胃内視鏡検査を行い、胃癌の疑いが強くなり、組織検査の結果待ちとのことであった。

幸三は、「そうでしたか。ご心配でしょうね。何か手伝えることがあれば、連絡して下さい」と伝えて電話を切った。

高岡の家に病院から電話連絡があったのは、幸三が、葉子と話した5日後であった。胃内視鏡の組織検査の結果が判明したが、「電話では聞き間違いがあり伝えられないため、翌日の午後2時に、出向くように」指示された。高岡と葉子は、指定された時間より早く到着した。病院は、すでに、午前中の診察が済み、待合室は、数組の老人夫婦がいるだけで閑散として空気は冷えていた。時折、忙しそうに看護師が目の前を、早足で通り過ぎて行った。指定された時間までには20分ほど余裕があり、検査結果を聞くまでの待ち時間が数時間のように感じられた。緊張で、持て余している間、高岡は病院の白く禿げた地肌のリノリウムの廊下に目を落とし、無言でじっと見つめていた。これから告げられる、自分の病気の状況と、これから起こる家族の将来に不安を隠せなかった。

葉子は、高岡を今更のように攻める口調で言った。

「あんた、私があれだけ、口を酸っぱくし、何処でもいいから、ちゃんと胃の検査をしとかなきゃと言ったのに……こんなことになって……」と小声で、後悔よりもこれから始まる生活への不安と、夫の病状と家族の将来に悲観し、恐怖で慄き胸が張り裂けそうであった。電話で指定された待合室の長椅子で待っていると異様に痩せて両目が飛び出た神経質そうな看護師から「高岡さん、診察室へどうぞ」と声をかけられた。

診察室は、南向きで、暖かい日差しが診察室の中に差し込み、病院独特のエタノールの匂いが漂っていた。これから告知される診断結果を前に、張り詰めた空気が充ちていた。新しくはないが清潔に掃除され整頓された机に置かれた白いカルテと、これから告げられる診断結果とは無関係であった。

高岡の診察を担当する医師は三木大《まさる》だった。病院でも評判の良い医師で、県立大学病院で診察をしていたが、大学人事でこの病院に赴任し5年が経つらしい。世話好きで腕が良く信頼できる医師だと、待合室で老人がヒソヒソ話をしているのを小耳に挟んだ。

「高岡さん」と穏やかに、いつも通院している馴染みの患者に話しかけるように話し始めた。「高岡さん。本日はご苦労様でした。組織検査の結果が出ました。病気は胃癌で、それも大分進行していて進行胃癌のステージ5です。胃癌は、出血を伴い、潰瘍状態で癌の表面に血管が露出して今にも破れて出血しそうな状態です。腹部CT検査では、すでに肝臓と肺に癌が転移しており、腹水も認め手術しても6ヶ月でしょうか？　手術をしなければ、1ヶ月も持たないでしょう。何とか、お役に立てるように計らいますが、どのようにさせて頂くかは、高岡さんご夫婦で決定して一両日中にご連絡下さい」その後、引き続き病状と今後の治療予定をゆっくりと夫婦に分かりやすく丁寧に説明した。

説明が終わって、長い沈黙の後に、突然、起こった不幸で気が動転し、葉子は、子供のように泣きじゃくり、嗚咽し続けた。高岡は、冷静さを保とうとしたが、自然に、節くれだち油で黒く染まった両手に力が入り拳を握り締めた。自分に残された時間がないことを悟ったのか、しわのよった使い古されたズボンをグッと掴んでいたが、ズボンはすでに涙で濡れていた。

その後、葉子は、三木医師に懇願した。

「今、主人が死んだら生活も子供の将来も、にっちもさっちも行かなくなります。主人の命を救うために、今日にでも、手術をして下さい……」

その後、因果を含めたドスの効いた声で、横にいる高岡に、

「あんたも、それでいいね……そうして……」

と力なく相槌を促した。理不尽な結果に、高岡は、静かに頷くしかなかった。蚊の鳴く様な声で涙ながらに、三木医師に話し始めた。

「先生、手術は、なるべく早く、お願いします……。小さい頃から家が嫌で早くから家を出ていたので故郷に帰って……、過去の自分にむきあう時間がほしいんで……」

高岡の両親は昨年、他界しており、この世で家族は葉子と息子だけであった。自分の命が、まもなく亡くなると感じた高岡は、かつて子供の頃に走り回った田舎の畦道、夕

日で黄金色に染まった山並みとブナの林、小川のせせらぎ音を聞き、青草の匂いを嗅いだ田畑のある故郷を思い出した。夜になると天上が無数の彩りの光で輝き、手を伸ばせば掴めそうな星々。遠い故郷への郷愁に駆られ、死ぬまでには一度は、帰りたいという感情が込みあげて涙が止まらず、何度も鼻を啜った。余命を告知されたことで、悲劇的な状況に陥ったが、残された寿命を充実させるために懸命に生きなければならない意義が鮮明に浮かび上がってきた。

葉子は、ポツリと「そうだね……」と相槌した。高岡は、葉子に「もう帰ろう、家に。先生、ありがとうございました。明日、病院へ電話連絡しますから……」と椅子から立ち上がろうとして、診察室の床に大量の吐血をし気を失った。

三木の指示で、外来診察室から緊急手術のために、手術室へ搬送され、予定外の、緊急手術が行われ、手術は無事に終了し、一命は取り留めた。

術後管理病棟に移されて、夜半に麻酔が完全に切れ意識が戻った。耐え難くはなかったが、動くたびに引っ張られるチクチクと差し込む腹部の痛みと、人工的で、無機質な、神経を刺激するピッ、ピッ、ピッと耳障りなベッドサイドのモニターの音。ガッア、ガッアと30秒ごとに鳴る点滴のアラームの機械的な警告音は耳ざわりで雑音でしかなかった。生きている事は、分かるが、平生ではなく、尋常な自分ではない。覚醒してはいるが、曖昧な記憶の中で自分に起こった重大な事態が理解できていなかった。術後の集中治療室は一晩中、天井の蛍光灯が点灯され、眩しい。こんな不快な病室を設計した設計士は、入院した事がないのだろうと思った。手術の麻酔の影響で肉体的に高揚し、精神的に全てに感覚が敏感になっていた高岡は、枕元に置かれた、ティッシュペーパーはカビ臭く、匂いは鼻を刺激し嘔吐しそうであった。明け方に天井から、「お前は本当のお前か？　子供の頃、抱き思い描いた夢は実現できたか？　自分の思い通りに生きて来たか？　これから先、どう生きるのか？」という声が遠くに聞こえた。

覚醒しているがぼんやりした記憶の中で、安定しない精神状態と肉体の疼痛で生きていた方が、良かったのか、死んでしまった方が楽になれたのか？　と自問したが、ただ、今は、故郷に帰るまでは、「俺は往生できず、死ねない」と意識した。

看護師は、他の患者の処置で、部屋の中を右往左往していたが、高岡は、ありふれた胃癌の術後なので、最低限の注意を払っているだけであった。

まだ、ベッドの正面の壁にかけられた時計は午前4時5分を指していた。生きているが、何をする事もできず、腕に刺された点滴の針は絆創膏できつめに固定されていた。口には酸素マスクが装着され、首と両手には点滴用の太めの針が刺され、点滴は煩わしく、いっそチューブを思い切って引き抜き、この部屋を走って、逃げ出したい衝動と誘惑に何度も駆られているうちに朝を迎えた。

高岡は、明け方に天井から、聞こえた幻聴?の意味と、考えた事がなかった自分の今までの、人生を振り返り、自問自答していた。

「俺は、何のために生まれて来たのか? 俺の夢は何だったのか? 自分の考えで、自分の思うように、生きて来たのか? 葉子に良い夫として振舞えたか、息子の豊に、どんな優しさと、幸せを、親として与え、責任を果たせたのか? 豊に十分な、父親としての自己肯定感を持たせる事はできていたのか?」

と考えると家族に与えた愛情は不十分で、今後も果たせないと考えたら、自責感で空しく自然に、涙が頬を伝うのが分かった。残された人生を新しく設計するほどの時間と夢もない。考えても結論と、所詮解ない問いに、答えは見出せなかった。

人生は、常に、選択の連続である。良い選択は、良い結果を生み出す。一度選択した結果は、一期に影響する。

手術をして、2週間が経過した。

入院治療によって、一瞬で潰える活命の危機は避けられたが、肺、肝臓にまで転移した病変には、抗癌剤の投与が必要であり、すでに、抗癌剤の点滴が始まっていた。一般病棟に転棟し、病室で2ヶ月間抗癌剤の治療が行われた後、病状が安定したので、自宅への一時的退院が許可された。入院生活は不自由そのものであったが、人生を振り返り、新たな人生を考え直すには十分な時間であった。

自分と同じように、多くの同級生もそうであったに違いがない。学校に通い、卒業と同時に、集団就職で労働力として大阪へ就職し、一日中、朝から晩まで働きづめで家に帰ったら、精神的、肉体的に疲れ果てて寝てしまい、人生について真剣に向き合い考えたことがなかった。高岡は、父の異常な行動を見て、自分の不幸な人生を忌み嫌い呪ったが、その時、不幸である人生に真正面から、向かい合っていれば、違う人生を送れたかもしれないと思い、後悔したが今となっては、もう遅かった。

経過は良好で、自宅での療養生活が始まった。

幸三は、高岡の自宅へ見舞いに行くために電話をした。症状が安定している事を確認し、自宅へ見舞いに行く事ができるかを尋ね、了解を得たので、行く事にした。

高岡の自宅は、東京の郊外、保谷市にあった。駅から、駅前のにぎやかな商店街を通り抜けて、2メートルくらいの細いアスファルトの道を歩き、同じような造りの家が数軒ごとに並んでいる新興住宅街を、通りすがりの人に地番を尋ねながらようやく高岡の家に到着した。家は、住宅街の外れにあり、保谷駅から歩いて16分くらいかかった。まだ、家の周辺に、竹藪や野菜畑、林が広がり、今にも野生の鹿が出て来きそうな住宅街で、東京でもこんな自然があったかと驚き、やはり高岡らしいと思った。

生垣まじりの木造の低いありふれた塀と、既制品の門扉、白木で作られた表札には、黒墨で「高岡」と書かれていた。

道路から低い塀越しに庭が見えた。門から玄関までは近く、右手の庭は赤茶色いレンガで区切られ、薔薇の木が数本植えられて一輪だけ白色の薔薇が咲いているのが見えた。門のチャイムを押し到着を告げると、出迎えてくれた葉子にお見舞いの果物の盛り籠を手渡した。

「ご主人の様子はいかがですか？ 大きな病気で長い間休養されているので、心配しておりました」と見舞いの言葉をかけた。「ありがとうございます。遠いところからわざわざ、お見舞いに来ていただき、主人が平岡さんに会うのを楽しみに、首を長くしてお待ちしていました。こちらへどうぞ」と葉子が返事をし案内され、高岡が療養している部屋に入った。

部屋は、南向きで日当たりがよく、多分、客間を療養のために改装したような造りであった。5ヶ月ぶりに再会した高岡は、病気は癌だと聞いてはいたが、やはり誰が見ても病人と分かるほどに痩せ、変わり果てていた。幸三は、お世辞としか取れない挨拶をした。「元気そうで何よりだ。以前と変わらないな。久しぶりに会えて嬉しいよ。療養生活は上手く行っているのか？　手術の傷の痛みは大丈夫か？」と心配そうに声をかけた。

高岡は、辛うじて絞り出した小さな声で「訪ねて来てくれてありがとう。家は分かり難かっただろう？　なにせ、保谷は都内の田舎だから、家にいると退屈で、退屈で早く仕事に復帰したいものだ。会社の方は順調か？」と幸三が見舞いに来てくれたことを感謝した。

会話は、高岡の病気の状況を決まりきった当たり前の順番で聞いて、内容は想像していた通りの答えであった。会話は、ぽつりぽつりと緩慢に繰り返され、会社の経営状態や、今後の経営方針など、高岡にとっては、もうどうでもいい話をして、病気の結末の話が出ないように場を持たせた。高岡は、遠い昔の中学校でサッカーをしていた頃の懐かしい話題を持ち出したが、おぼろげであいまいな記憶の中で、幸三ははっきり覚えていなかった。束の間、懐かしい中学校の頃を思い出したのであろうか、高岡の顔に笑みがこぼれ、そして絶句した。

気まずい沈黙の時間が続いた。20分ほど話して、高岡の表情に疲れが見え始めたので、話を終えた。病気が軽快するようにと、お見舞いを言い、奥さんも無理をせずに、頑張るように、何かできることがあれば遠慮せず電話してほしいと言い、元気づけた。玄関を出て、先ほどの庭の白い薔薇を、探したが見つからなかった。

励ましの言葉をかけたものの心の中で、もう長くはないだろうと直感し、高岡の生きてきた人生が、不憫で、哀れに思えた。

幸い高岡は妻子に恵まれたが、大阪で就職し、職場では、才能はあるが日陰の存在で、脚光を浴びることはなかった。一緒に飲みに行った時も、職場での不満は聞いたが、家族の楽しい話や、生きる目的を聞いた事がなく、幸福を感じさせるような話を聞いた、記憶はなかった。

幸三は、高岡の見舞いに行った1週間後、営業で午後2時の約束のため、両国にある部品メーカーへベアリングの納入の打ち合わせで高速道路を部下の運転で走っていた。首都高速道路は、慢性的な渋滞で、いつも混雑している。時間には余裕があり、赤坂から両国に向かう途中、ゆっくり右車線へ合流した時、突然、右車線から猛スピードで走って来た大型のトラックに真横から衝突された。衝突の反動で走行車線に押し戻され、後方から来る乗用車に追突された。ドオーンと物凄い音と同時に、自動車は数回道路の中で回転した。数分後、遠くにかすかに多くの消防車と救急車のサイレンの音が聞こえたが、衝撃のショックで気を失った。目が覚めるとベッドの上で、「平岡さん、平岡さん」と近くで大きく、呼ぶ声がする。

目の前には、看護師が立っているが、事故の記憶はなくなっていた。激しく衝突されたまでの記憶があるが、その後の記憶はない。会社から恵子に連絡があった。恵子は、一瞬眩暈がして息が止まるほど驚いたが、幸三の安否が気がかりで、取るものも取り敢えず急いで幸三の運ばれた病院へ駆けつけた。案内され病室に入り、幸三の無事な顔を見て心から無事を感謝した。「あれだけの大きな事故で、よく命が助かったわね。トラックも大破し、運転手は、過労で居眠り運転をしていたらしいわ。テレビでも、あなたのメチャクチに壊れた車が放映されていて、生きた心地がしなかったわよ。本当に、運が良かったわ。元気な顔を見てホッとしたわ……。でも、運転していた会社の人は可哀想に、助からなかったそうよ」幸三は、恵子が病室にいることで、ようやく、気持ちが落ち着き正気を取り戻した。気のせいか、土臭い匂いがしたので、ベッド横に目をやると、濡れた木の根っこが数本、落ちていた。

霜が降りた11月の凍る様な寒い早朝に高岡が息を引き取った。高岡の訃報は葉子から幸三の自宅にもたらされた。同じく、会社の総務課にも連絡が入った。葬式は、六曜の日取りで、通夜が本日で、明日の午前10時から葬儀が執り行われる。高岡の葬式には、明日から出張で名古屋に行くので、出られず今夜の通夜に参列することにした。

通夜は、自宅で行われ数人の職場の同僚が参列すると聞いていた。付き合いの少ない高岡なので、別れに訪れる人々が少なく寂しい通夜であった。幸三も、知った人もなく、簡単な会釈をして鯨幕が張られた棺が安置されている見舞いにきた時の南向きの部屋に入った。控えていた、葉子や家族、親族に、丁寧に弔問の挨拶をした。

高岡らしい難しい顔をした遺影の前に立ち、棺の死化粧した高岡の安らかな顔を見て、妙に気が安らいだ。心から成仏するように供養し冥福を祈り焼香し、通夜振る舞いを受け、高岡の家を後にした。

高岡の幸せは、彼自身にしか理解できず、彼が幸せであったかもしれないが、幸三には、想像も、及びもしなかった。

会社を早退きして、通夜に行ったので、帰宅は午後9時過ぎとなった。

恵子は、幸三が玄関に立った気配を感じ、通夜のために憑き物が家に入らないように魔除けの塩を持って玄関を開け軒下でひとつまみの塩を、喪服の裾、足元に振りかけた。

高岡の死に顔は、死化粧のせいか、職場では決して見たことのない穏やかさがあったと恵子に告げた。精進落としの席で、葉子から亡くなる1ヶ月前に、家族で飛行機を使い岡山の故郷に里帰りし、2日間を田舎で過ごしてきたらしいとも付け加えた。そして葉子から不思議な話を聞かされた。高岡が故郷のホテルに宿泊している時、夜半に突然、夢遊状態であろうか幻覚を見ているのであろうか、高岡がベッドからゆっくり起き出て、葉子と豊に神妙に、故郷に帰れたことと、家族として、一緒に生活してくれたことを感謝した後、両手を天井に揚げ、何かを掴もうとして掴めずもがいているようであった。

朝になると、葉子は、高岡に「夜中にうなされていて、何かを掴もうとしていたようよ」と伝えたが、その話はそれきりとなった。

臨終の数分前に、人生の最後の力を振り絞るような声で「やっと掴んだぞ。俺の星を。葉子、豊、ありがとう。何もしてあげられず、すまなかった……」と話した。それが高岡の最後の言葉となったが、幸せそうな死に顔であったと聞いた。

中学生の時に、美智子の突然の死と向き合った幸三は、死を子供なりに理解していた。人は死ぬと、無になるという考えはない。幸三は生まれた時より、無意識に両親から、仏教を生活の一部として教えられ、葬儀は当たり前の儀式だった。盆や、正月に帰省した時には、墓参りをし、葬式には僧侶が来て、読経し故人を供養した。先祖がいつも側にいて、盆には一緒に生活し、死が訪れたら極楽に行けると考えていた。また、死んだ後、心の中で永遠の存続を得られ、死ぬことで新しい世界を迎えられると信じていた。家族との生活、生きていることで社会に自分が貢献した証として自分に関わった沢山の人に影響を与えて、死んだ後も沢山の思い出や、楽しい記憶として、生きていた証として語り継がれることも理解していた。

だから、美智子は、肉体的には消滅したが、幸三の精神の中では生きていた。

死は、老人や若者、子供や乳児、男女に関わらず、誰にでも平等に訪れる。物理学的には、個体は、いずれ消滅するが、本人の死を認知するには、時間がかかり、認知するまでの期間はその人の心の中で生きている。海の流れに波が立ち、波は小さくなったり、大きくなったりするように、人生も変化するが、海という存在は変わらない。人生とはそのようなもので自我意識を、外界と一体化させることで「空」の世界が広がる。これは、何もないという意味ではなく、境界がなく、グラデーションの状態で切れ目のない分け目がない概念が「空」とされる。そう考えると、死を迎えることは不安でもなく、恐怖でもない。死は曖昧な概念である。仏教では、生は強い自我意識の現れであり、意識をコントロールし、無限大にゼロに近づければ死の恐怖や、不安は消え去ると教えている。これが、涅槃であり、死はこの世からの喪失であり、外界と自我を一体化させることが「空」の世界に入る。生も死も境界がなくなり、区別もない。死をどのように受け止めるかで、人生と生き方が変化する。そうすれば、死を客観的に受け入れる事ができる。幸三は、最近、そう考え始めた。

高岡の死がきっかけで、幸せについても答えを探そうと立ち止まってしまった。

人生の幸せとは何か？　幸三も、今まで仕事の忙しさに紛れ考えた事がなかった。

幸せ……とは、何か？

幸三にとっての幸せは何か？

幸三にとって、恵子や家族や友人との良好な関係は重要で、愛されることや、誰かを愛することで安心感や幸福感を感じることはまさに幸せそのものであろう。

高岡は、不幸にも病気を患ったが、精神的・身体的に日常生活を健康に豊かに送れることも幸せであろう。仕事で目標を達成することで得られる満足感や幸福感、そして、仕事の目標を達成し、次の仕事の夢を追う姿は、多くの人々に、充実感と幸福感を与えていたはず。自由に働き、仕事を通して自分の人生を充実させる事も、幸せの一つだろう。しかし、経済的に不安定で、十分な収入を得られなければ生活の基本的な要求が満たせず、心身にも余裕がなくなり、不幸を感じるかもしれない。

貧乏であっても、心が豊かで幸せを感じている人もいる。幸三は、経験的に、さまざまな人々の人生を、見てきたので、経済的に貧しいことは絶対条件ではないだろう。部下の中には、美味しい食事を食べ、高級ワインを飲むことや、趣味を充実させることが幸せだと語る者もいれば、映画を見ている時間が一番幸せだとも話している女子もいた。日常生活の中での、小さな喜びや感謝する気持ちを持つことも幸せの一部なのだろう。

他人から、仕事で褒められた時も、嬉しく幸せな気持ちになれる。家族や、関係者から必要とされた時も幸せを感じることができた。

幸せとは、自分の持つ価値観や、個人の経験に基づく非常に主観的な概念であり、喜びを感じる要素は、多種多様で、幸せとは、単純なものではない。

通夜の翌日、午前中に東京での簡単な事務仕事を済ませ部品の生産量の発注の打ち合わせのために、大立工業名古屋工場がある豊田市に出張した。打ち合わせには、大分時間がかかるため、前夜、名古屋駅前のビジネスホテルに宿泊した。

ホテル代は、社内規定により、1500円と決められていた。ホテル近くの食堂で簡単に夕食を済ませ、明日は早朝からの打ち合わせなので、早くベッドに入ったが、夜半に布団の、右脇に、物の気の気配を感じ目が覚めた。

時計を見ると、午前2時20分。真夜中だった。

シーンと静まりかえった部屋の空気は、冷たく張り詰めていたが、湿った懐かしい土の匂いが漂っていた。物の気配にもかかわらず、不思議と恐怖心はなく、まるで懐かしい、知人と再会をしたかのような心持ちであった。

枕灯をつけ、部屋の中を見回すと、部屋の左片隅に、6歳前後の童《わらし》が立っていた。髪は、長く肩まで伸び切り、ボサボサで、散切り頭で良く成長した木の根っこのようだった。背丈は、120センチくらいか？　顔を覆う髪の毛からのぞく目は、幸三をじっと見つめキラキラと光っていた。左肩は、妙に変形し明らかにこの世の物ではなかったが、足はある。

童は、ゆっくりと話し始めた。「私は以前に、あなたの村に住んでいて、危うく切られるはずだった樫の木の精霊です。無慈悲にも、私の兄妹は杏の花に日陰を作ったために倒されましたが私は、あなた方家族に救われ、移され、新しい命を新天地で頂きました。大事にされ、今でも祈りの精霊として祀って頂いております。私の寿命は、90年ですが、もし、前回のような災いが、あなたとあなたの家族に、起こるようでしたら、私が霊力にかけ、お守り致します。また、兆しがあれば、私を想い出して下さい。故郷に帰る機会があれば、私を尋ねてください」

それだけを言い残し、何もなかったように、闇に消え去った。その跡には、救急車で運ばれ横たわっていた時に感じた土の香りが漂っていた。幸三には、何の事か分からなかったが、村の家の木霊かもしれないかと思い、気持ちは、穏やかで清々しい気持ちで、再び、眠りについた。朝7時に目覚ましのベルで起きたが、ベッドの横には、乾いた土塊と木の根が数本落ちていた。「俺は、守られているのか?」高岡の葬式のせいで、精神が高揚し過敏になっていたため幻覚を見たのかもしれない?

ホテルを出る頃には、童の事は記憶からすっかり消えていた。

豊田市の工場は、5000坪と広く、体育館くらい大きな建物が8つほど見えた。工場の正門の受付で入館手続きをした後、工場に案内され、工場長の部屋で、制作依頼してあった、試作品の説明と実物を確認した。

「工場長！ すっごく、良い仕上がりですね。このスタビライザーなら、非の打ち所がない。製品情報のデーターとサンプルを持ち帰り営業部に報告し、発注数をなるべく1週間以内にお伝えします。それにしても素晴らしいでき具合ですね！」と興奮して話した。

その他、気になることなどを、詳細に打ち合わせして、帰社する事にした。工場長の計らいで名古屋駅まで、社用車で、送ってもらい、駅構内のキヨスクで、恵子の好物の外郎《ういろう》を買った。

この年、新幹線のぞみが登場し、東京、大阪間を2時間20分で結び、山形新幹線も開業した。学校は、週5日制になった。

時代の要請で、自動車産業は躍進し、大立工業は業界2位にまで成長した。

家は、恵子が家庭を守ってくれているおかげで、安心して仕事ができた。美紀も、優一も何の問題を起こさず、成長したが、親子参観授業にはとうとう、一度も行けずじまいだった。

第7章

昭和63年に平成と改元され、平成3年に、バブル経済の崩壊が始まった。

2人の子たちは、恵子の期待通りに優しく素直に成長した。

美紀は、女子校を卒業し、大学生になった。美紀は人口の多い東京の喧騒と都会の煩雑な人間関係を嫌い、高校時代に旅行で訪れた歴史と伝統のある京都で就職したいと望み始めた。

大学2年生の夏休み、親友と京都に行き、さらにそこでの生活に強く惹かれていった。大学を卒業する前の年、卒業旅行と就職活動を兼ねて、親友の雅恵と再び京都を訪れ、面接にまで足を運んだ。

「お母さん、私は東京よりも京都の方が自分に合っている気がするの。京都で働きたい。京都は、街中にたくさんの文化遺産があって、景観を守るために東京のように高いビルはほとんどないし、街の周囲は山々に囲まれているから、気持ちがとても落ち着くの。

友だちは全くいないけど、以前に住んでいた時のような感覚がして不思議と心が落ち着くの。京都で頑張るから、美紀のわがままを許してね」

恵子は言い出したら聞かない美紀の性格を十分理解していた。

恵子は、かつての恵子も自分自身で決断をした経験があったため、「自分の人生は自分で決めたら良いのよ。自分で納得しているなら、美紀の思うようにしたら」と反対することなく受け入れた。幸三にその話が伝わったのは、全ての事が決定してからのことであった。

弟の優一はのんびりとした性格で、物事に執着せず常にマイペースに過ごしていた。自分で決めた事であれば信念を曲げず自分のペースで人生を歩んでいた。幸三は、美紀と優一と、顔を突き合わせて話した記憶がなく、仕事以外の多くは、恵子に任せており、事の顛末のみを報告をされていた。旅行の記憶も数えるほど少なかった。

美紀は12月に就職が決まり、翌年の4月から京都の旅行会社に勤務を始めた。

一方、優一は、大学に入学後、日本の画一的で、個性を重視しないマンネリ化した授業に嫌気がさし、自分の求める目標が見つからないと感じていた。恵子にも相談せず自己退学を決意した。

優一の考えと幸三の考え方は、全く異なっていた。幸三は戦後ベビーブーム期に生まれ、競争社会で育ち、自分で物事を決定し、努力すれば報われると信じていた。しかし優一は、物事を、グローバルに考え、多様性を重視し様々な価値観やサステナビリティを重視する世代であった。優一は、仕事を優先することよりも、自分自身の成長や自己実現を優先し、職業の終身雇用制を批判し、年功序列には反対で、成果主義や働きやすい環境やダイバーシティを重要視していた。物質的な成功より、精神的な満足や、社会的な繋がりを重視しているので、話が噛み合うはずはない。優一も決めた事は譲らない。

日本の風土は、協調性を美徳とし、個人よりも生活共同体を重んじる生活習慣が根付いていた。しかし、優一はその世界観が合わないと感じていた。彼は、生まれ育った日本の伝統や文化を愛していたが、現在の日本には違和感を覚えていた。伝統と革新、均一性と格差、経済成長と環境保護をバランスよく融合させるには、国外から日本を客観的に見直しする必要があると考え、オーストラリアの大学に入学し、新しい人生をスタートさせた。

第8章

52歳で営業部長に昇進していた幸三は、仕事に対して正確さと誠意を持ち、常に丁寧に対応していた。

4月、大立工業は、業務拡大の一環として新入社員を募集した。厳しい面接を経て18人が、採用され、今年はその中から営業部に4人の新入社員が配属された。男女2人ずつで、22歳の女性2人、22歳、23歳の男性2人だった。その中に、橘健人がいた。就職試験で、優秀な成績を収め、営業部に配置された。幸三は、部長として彼を含む4人の新入社員の指導を担当した。

橘は現代の若者らしく、物言いが論理的な話しぶりで周囲に爽やかな風をもたらした。無駄がなく、迅速に営業職の仕事を覚えた。幸三は、この4人の中で、橘健人をリーダーに決め、他の3人の指導を任せた。彼は、個々に仕事の専門性と営業職としての目標を設定し、互いに評価するシステムを導入した。

入社した社員の世代は、団塊ジュニア世代と言われ、幸三たちと同じ、ベビーブーム期に生まれ、成人して、会社という組織に就職してきた。バブル崩壊後の就職難、就職氷河期を経験し競争社会を経験しているため、彼らの考え方は、保守的であったが自ら仕事を覚え、真面目に仕事を遂行していた。これは幸三の性格と似ていた。

橘は、大立工業で、定年まで働くつもりはなく、キャリアパス制度を活用して、仕事をしながら専門研修やカウンセリングを受け、営業のノウハウを習得していた。彼は、3年目にチームマネージャーを目指し、その後、スキルを磨いた段階で転職を考えていた。仕事はするが、ワークライフバランスを優先して、長時間労働や、自己犠牲的な生き方には、疑問を感じていた。仕事と、プライベートのバランスは重要で、仕事優先ではない生き方も当然の選択肢であり、スキルアップした時点で、グローバルな視野を持ち、海外への転職も考えていた。時代は、確かに変化していた。

簡単な営業案件は、部下たちに割り振られ、幸三は後継者育成に専念した。部下たちは、幸三の親切で丁寧な配慮と公平な指導に感謝し、会議で合意した事項は全員で忠実に守った。

人は、生きている。相手を怒れば反感が生まれ、遺恨が残り、大声を出せば、さらに大声で返される。人間は感情の生き物である。

この年に、世界人口は60億人を突破し、日の丸・君が代が正式に国旗・国歌として制定された。日本は、戦後の荒廃から這い上がり、経済も安定し、物質的には豊かに成長し安定していた。

春めいた4月の桜が風に舞う穏やかな夜、伊予に住む姉の綾子から電話が入った。「恵子ちゃん。最近お母さんが変なんよ。同じことばっかり聞いてくるの」「今日は、何日じゃった？ お父さんは、遅いなあ。いつけーってくるん？ 綾ちゃん、聞いとる？ 今日は何日じゃった？ お父さんは？」

綾子は、跡取り娘として、育てられたが、故郷には若者はいなくなってしまい、結婚には縁がなかった。50歳を前にしても嫁いでおらず、母親の世話をしていた。恵子の父は、2年前に肺炎で、亡くなり母と2人暮らしであった。「恵子ちゃん、何度、説明してもね、すぐに忘れるの。説明しても、説明してもまた、すぐに、同じ事を聞いてくるの。どうしたらいい？」

恵子は、すぐに直感した。母が認知症になってしまった事を。

認知症は、最近、増えてきている病気で、原因はさまざまで、遺伝、生活環境、ストレス等により認知機能を司る記憶細胞が減少することで発症するらしい。

恵子は、返事に困った。姉の綾子に、近くの専門医を受診するよう指示し、経過を、教えてほしいと告げた。認知症になってしまうと、本人の嬉しかった思い出や家族との楽しい記憶も、悲しい記憶も全て霧のように消滅してしまう。しかし、その人を、知っている家族や知人は、認知症になる前のその人の性格や人格を心の底に留め、そっと、対応するしかないのだ。

人生において、与えられる悠久の時間は、生きている全ての生物に公平かつ平等に与えられている。栄光栄華を誇り世界を手に入れたアレクサンダー大王でさえ、裸でこの世に生を受け、何も持たずにこの世を去った。彼は死んだ後、石棺に手が出るだけの穴を開け、手を穴から出してほしいと遺言した。死ぬときには空っぽの手で、死とともに全ての物を手放さざるを得ないという、死を迎える際の人間の無力さや、物質的な財産や、地位にとらわれない生き方を促す真理を残した。

一方、道端に咲く名前もない小さい花でさえ、人に感動を与えるほどに着飾っていることも真理と言える。

人生とその目的は、人それぞれに異なる。自分が後悔しないように、自分の幸せを追求し、自分の思ったように生きればいい……。それが大切なことなのだ。

幸三は60歳の誕生日を迎えると同時に退職した。退職歓送会が開かれ、村田加奈子が幹事を務め、会社総務の許可をとり大会議室を利用して粛々と執り行なわれた。

「部長、退職おめでとうございます！」

幸三の直属の部下である村田加奈子が職員を代表して感謝の言葉を述べた。加奈子は続けた。「平岡幸三部長は会社に入職して38年、会社が設立されてから45年ですから、まさに生き字引として歩んでこられました。実は私が当社に入社した時よりの上司で、何も分からない私に、仕事の内容を、1から教えて頂き現在の私があるのは平岡部長のおかげです。いつも心から感謝しております。これは、私だけでなく、営業部の全員が同じ思いです。部長から、叱られたのは一度だけです。他社の営業社員が当社に営業に来た時、愛想もなく、製品の説明もろくに聞かず追い返した時に酷く叱られました。『自分たちも営業なら、マナーを守り、営業で持ち込んだ製品の説明や、不具合があればアドバイスくらいしないと、来た営業マンに失礼だ』と教えられました。『もし、君が営業に行き同じ扱いを受けた時、どんな思いをするのかを考えてごらん？　そうすれば、対応にも余裕が出てくるはずだ』と言われました。その言葉は、私にも十分納得できましたし、その言葉のおかげで、その後の対応は心に余裕を持って対応できました。それから、できない事をできるように装わないということや、わからないことを知っているように自分勝手に振舞わないように指示されました。また、適当な生返事はしないようということも教えていただき、それは今の私の教訓となっています。部長がいなくなると思うと、涙が出るくらい寂しいです……まるでお父さんのようで……」

村田加奈子は話しながら入社当時を振り返り、記憶がフラッシュバックし、感極まり言葉を続けられなかった。1～2分の沈黙の後、同じ課の中年男性の野村から、「イヨーカナちゃん」と合いの手が入った。加奈子は、ありったけの声を絞り上げ続けた。

「……部長がいなくなっても、部長が教えてくれた会社の発展にできることは何か？といつも考えながら仕事を続けたいと思います。私と同じようにみんなもそう思っています。本当に長い間、会社のためにご苦労様でした。退職しても、私たちの事と、会社の将来を見届けていて下さい……」

スピーチが苦手で下手な加奈子は、心に抱いていたことを自分の言葉で紡ぎ出し、心から感謝を伝え語り終えた。会場から拍手が湧き上がった。花束と記念品の贈呈があり、会場から、再び拍手が鳴り始め、しばらく熱気が収まりきらなかった。司会者が、「お静かに。部長からのご挨拶がありますので、部長お願い致します」と幸三の挨拶を促した。

幸三は、昨日に、丹念に用意していたスピーチを静かに口にし始めた。

「私が、大立工業に入社して、38年が経ちました。入社する基準として、当社の発展性と先見性に賭けてみようと思い、ここに身を置くことに決めました。大阪支社を振り出しに勤務し、その後、蒲田本社へ移動しました。蒲田は寂しい場所で、この会社に入社したことを後悔した時期もありましたが、幸いにも、日本経済が上昇局面になり当社も、時代の潮流に乗ることができ発展しました。

私が、大阪から東京に転勤した時、初めての面談で嘘をつきました。この事が今でも悔やまれます。どんな嘘を言ったかというと、君は、学生運動に参加したことがないかと問われた際に、評価が悪くなると考え『ないです』と答えた事が、今でも忘れられず、後悔しております。今の若い世代の方には理解できないかも知れませんが、少しお話しさせてください。私が、高校生の時、日本はまだ戦後の亡霊が闊歩し、戦争の呪縛から解き放されておりませんでした。私の幼い頃は食べ物がなく、いつもひもじい思いをしていました。現在、望めばなんでも手に入る豊かさを知っているあなた方には当時の厳しい現実を理解するのは難しいでしょう。それは、蛇足ですが、当時は、戦前の、悪い習慣と、厳格な規律が根付いており、画一的な枠組みの中での生活をしいられておりました。高校も大学の授業も新しい教育制度も不完全な教育体制の中で行われ、時代に即していない授業や、個人を重視しない教育に対して、学生たちは改革を求めデモを行いました。

また、安保条約というアメリカの都合の良い政策と、バックヤードとしての、兵器補給が、日本に押しつけられて、ベトナム戦争も始まった。戦争が勃発し、日本が戦争を2次的に戦争支援した訳です。それは、敗戦を経験した日本にとって、新たに戦争を援助するため、同じアジア人を攻撃する訳ですから、容認できない事態です。そんな時代に、新しい日本の形を模索していた日本人として傍観、静観できない。そんな思いを持ち、抗議デモに参加したわけです。デモに参加した事は、今でも悪い事ではないと思っています。他国とその国に住んでいる人の幸せを考えると行動せざるを得ませんでした。しかし、嘘をつく事は悪い事です。一つの嘘を言うと、嘘がバレないようにまた嘘を重ね、取り返しのできない状態になってしまいます。ビジネスもその轍は同じです。日常生活でもビジネスでも、正直で誠実に対応すれば結果は、必ず付いてきます。

私は、今日で、退職しますが、私が去った後でも、私がみなさんに、学んでいただいた営業での教訓などを社是とともに時々、思い出してほしい。最後になりましたが会社のこれからの益々の発展とこれからのみなさんのご活躍と躍進を期待致します」

と、抽象的で若い社員には実感のないまとまりのない話をし、挨拶を終えた。

司会者から乾杯のグラスを捧げるようにアナウンスがあり、歓送の祝杯が挙がった。多くの部署、部下から祝杯を受けた。幸三の退職を労い、祝う言葉と、退職を惜しむ言葉が雑駁に交錯した。今日で、この会社を去る事の寂しさより、ようやく退職することで仕事の責任を果たし荷を無事下ろせたという満足感と安堵の気持ちが強かった。

歓送会が午後8時すぎに終了し、幸三は、今日まで座り、営業部を指揮していた部屋に戻った。長年座り続け使い古した自分の椅子にゆっくり腰かけ、インクで汚れ、過去の想いが刻まれたスチール製の机の古傷を眺めながら、大きくため息を吐いた。椅子は、幸三の退職を祝うように、背もたれに背を寄せると錆ついたスプリングが、カシャカシャと音を立て、長く困難であった仕事の連続を慰労してくれた。小声で、「終わったのだな。疲れた、もう十分だろう」と自分に言い聞かせて、ほっとため息をついた。人生の大半を仕事中心に過ごし、家庭を犠牲にし、会社と歩んだ38年間であった。

正門の守衛に、「長い間ご苦労様でした。退職、おめでとうございます。部長にはいつも気にかけていただきありがとうございました。明日から、お会いできないと思うと寂しい限りです」と声をかけられた。贈られた花束を片手に持ち、ほろ酔い加減で、乗り慣れた丸ノ内線の電車に乗り込んだ。電車の椅子に腰かけると、前の席の2人の女性が、幸三が持つには不釣り合いな可愛く綺麗で立派な花束を見て、顔を見合わせ微笑んでくれていた。家には、夜の9時半前後に着いた。家に入ると、恵子が、「お帰りなさい。長い間本当に、ご苦労様でした。今夜は2人で、久しぶりにゆっくりしましょう」といつも通り優しい言葉を投げかけ、幸三の長かった会社人生を慰労した。どこの家庭でも同じ光景が繰り返される退職当日のありようであった。久しぶりに会社でアルコールを飲んだので、顔は火照り、赤く上気し、心臓の拍動が感じられた。食堂は、すでに独り立ちし、家を出た子供たちの椅子が2つとも片付けられずにそのまま置いてある。夫婦2人暮らしに慣れていたが、退職した感傷であろうか、子供たちとの少ない思い出がよみがえった。美紀、優一が、食卓の周りを大声で笑いながら走りまわる小さい頃の風景、しかっても、すぐに走り出す懐かしい思い出など。我に帰り、幸三は、いつも座っている自分の定位置の椅子に座ると、恵子は、用意してあったよく冷えたシャンパンの栓を開け、新しく始まる自宅での恵子との生活の始まりを乾杯した。シュパポンッ！「本当に長い間、ご苦労様でした。明日からは私たちの新しい人生が始まるわね。子供たちが、一緒にお祝いしてくれたら、もっとよかったのに。いないのが残念ですけれど、今夜は2人だけだから、ゆっくりお酒を飲みながら、沢山、お話ししましょうね」と恵子は、シャンパンを一気に飲み干し、用意してあった、幸三の好物のチーズとケーキを2人で一緒に食べた。恵子が、「色々なことがあったわね。本当に……」と昔を思い出しながらつぶやきながら、夜遅くまで、話が尽きなかった。

第9章

昨日の退職歓送会が無事済み、今日は、退職後の新しい門出の初日だった。いつもなら、6時に起きて朝支度をして、6時半くらいに食堂に座って朝食を食べるルーティンは一変していた。今日はいつもと勝手が違った。食堂のテーブルには、いつもある新聞がなく、恵子もいない。

「おーい、母さん」と声をかけても返事がない。何か変だ。不安になり寝室に行くと恵子はまだ、ベッドの中で休んでいた。

「母さん、どこか具合が悪いの?」というと、返事があった。「あなた、今日から会社に行かなくて良いのよ。昨日、退職したから、今日からゆっくりでいいのよ。もう少し休むから朝食は8時にしましょうね。それまで、何かしていてね」と恵子は幸三の退職をすでに受け入れているようだった。

何もする事がなく、朝食と、いつもなら電車の中で読む、もう読む必要のなくなった、日本経済新聞を、自ら郵便受けに取りに行った。食堂に戻ると、手持ち無沙汰でテレビをつけた。テレビでは、後期高齢者医療制度開始が報じられていた。新聞の一面には、米リーマンブラザーズとメリルリンチの身売りが金融恐慌の始まりを告げる記事が目を引いた。

7時45分頃、恵子が起きてきて、いつもより1時間遅い、朝食が始まった。口に入れると、カリカリと気持ちよい歯音を立てるトーストと香りの高いコーヒー、そして新鮮な果物が何時ものように、何も変わらず用意された。

「今日から、時間があるので遅く起きて下さいね。私もそうしますから」と言いながらいつもの椅子に腰を下ろした。食事が済み自分の書斎に戻ったが、時間が余り過ぎてどうして良いか分からず当惑した。「退職するってこういうことか」幸三は、これから毎日が、このような日々が続くと思うと、突然絶望的な不安と理解できない緊張が襲いかかり、感情が波のように揺れ動いた。

「退職したらみんな、私と同じ思いなのか?」と一人呟いた。

退職して、4ヶ月が経過した。それまで時折あった会社からの、問い合わせの電話もめっきり少なくなり、いよいよやることがなくなった。仕事人間であったから、趣味も下手なゴルフくらいで、練習しても上手くならない。恵子に、「あと人生は、20年はあるわね」と言われ、することがないことの辛さが、身に染みた。意識したことのない、何気ない仕事が人生のペースメーカーであったことを痛感した。これから、どうやって時間を消費したら良いのか、やや厭世的な気持ちになった。テレビを見ても、タレントが吐く他人の悪口や、品がなく節制のない無駄な会話、価値のない、どうでも良いような話題ばかり。幸三が若い時にテレビで見たテレビタレントの多くも、もうすでに高齢化し、顔は弛み額には深い皺としみがあり、どんなに化粧しても老けていた。

「そうだろう、テレビを見ていた世代が高齢化し、私もいつの間にか、歳をとったんだな」

退職前に総務から「給料が半分でも良ければ嘱託での雇用もある」と提案されたが今更、知った社員の下働きなんて幸三のプライドが許さなかった。

日常生活の忙しさで、敢えて老後の人生設計など考えてもいなかった。今思えば、社会から隔絶されないための雇用かと考えると再就職した方が良かったかもしれなかった。しかし、残された人生の20％を、どう消費したら良いのか？　幸三は、真剣に考えあぐねた。体力が弱らないように散歩だけは、毎日2キロ程度、恵子に勧められて、退職直後から始めている。いつも通る散歩道には5坪程度の、小さな家庭菜園をする老人や、ジョギングする老人、学童を見守る高齢者たちのパトロール隊もいる。

街角に張り出されているジムの看板には、「体力低下防止のサルコペニアコース」と書かれているが、何を書いてあるか分からない。

一方、恵子は子育ての忙しさでできなかった趣味のヨガや絵画教室、生花教室などカルチャースクールに通い、週に2回程度の友人たちとのアフタヌーンティーを楽しんで、すでに新しい人生を謳歌し、充実した生活を送っている。新聞には、「経験不問、小学生対象の臨時講師求む。1時間850円、勤務期間などはお問い合わせ下さい」と掲載されていた。なるほど、塾の講師も悪くないと一人で頷いた。ただ、何もしないわけにはいかない。夫が退職して常に家にいるため、妻の時間がなくなり、生活のリズムが狂い、亭主在宅ストレス症候群が発症し、夫婦仲が悪くなるらしい。これはうちにはない？　と断言できなかったので、なるべく早いうちに、今までできてなかった、やりたかった子供の時の夢を、思い出す事から始めることにした。

「夢は、何であったろう？　しかし、考えても、思い浮かべても出てこない」

長い会社人生が終了し、会社の役職も名刺もなくなり、社会から必要とされなくなった気がしてきた。会社は一人が抜けても機能するシステムなので、会社そのものは何も変わらない。会社は、人生の一部だが、人生を記録する場所ではなかった。人生を、記録するのは、家庭や地域のコミュニティかも知れないと思えてきた。

退職して、自分の時間ができると、テレビ、新聞などが報じている社会的事件や、国民を無視した各地での乱開発、日本人のためではない法律制定、国民生活を考えない矛盾した増税などが、目につくようになった。日本の進むべき方向性が間違っているのではないのか？　いや、方向性などないのかもしれない。日本の将来を見通せる能力やビジョンがない政治家や、間違った政策により、日本国が漂流していると感じた。

少年の頃、夢見た平和で、他人への差別のない社会構造や、ウサギ小屋ではない住宅状況など、あまりに多くの国民を蔑ろにした現実の社会が目につき始めた。

「現在の日本は、理想とする国家の姿を実現しているのだろうか？」

さらに現代の社会に夢を抱けない青年たち、利息があり返済の義務がある奨学金制度や、学生に対する支援や援助の少なさ、そして老人が生活しにくい社会環境。自殺者が年間3万5000人に迫る社会環境。若者が選挙に行かない理由は何か？

我々、団塊の世代は何をしてきたのか。我々が、日本の高度成長を築き上げ牽引してきたという事実には異論はないはず。しかし、我々の後に続く世代に上手にバトンを手渡しできなかったことや、新しい社会構造を提案できていなかったこと、そして理想とした日本を実現するというビジョンを掲げたにもかかわらず、為政者を育てられず、監視できていなかったことには、責めを負わなければならない。

団塊の世代が、築き上げた豊かな日本社会は、世界的なバブル経済の破綻と、その後継続している経済成長の停滞による影響を大きく受けている。若者の雇用機会の不足により、若者が安定した正規雇用に就けず、非正規雇用や、契約社員という労働形態が、生活不安や将来的な年収の減少を助長している。さらに、物価高騰や人口の都市集中による住宅価格の高騰で、住宅確保も困難となっている。不安定な雇用形態のため、所得格差が生じ、若者の結婚や子育てに対する意欲の低下を引き起こしている。

自分が望むキャリアや自己実現のための、希望するキャリアとライフスタイルが実現できていないことも、現在の伝統的な労働市場の枠組みがキャリアを硬直させていると確信した。

現在、社会はデジタル化が進み、新しい職業やビジネスモデルが生まれている。しかし、その教育システムの策定が遅れているため、取り残されトレーニングができない若者が増えてきている。さらに、若者たちが望む政治や政策に対して自分たちの声が、政策決定に十分反映されず政治不信が常在化し、政治参加意欲の低下を引き起こしている。また政策の欠如のため、社会的支援とサポート体制が遅れ、すでに若者たちの間でも競争社会が始まり他者との比較が、ストレスを増強させている。現実と希望のギャップは、将来への不安要素を多く含み、若者たちが自分の将来像を描けずフラストレーションを抱えている。

我々と、若者が望む社会はいまだに実現されていない。

我々は後継者を育てられたかと問われると、会社の後継者は育てられたが、政治、経済など、会社以外の後継者は育てた記憶がなかった。我々は、高度成長期に一人一人が高度成長し経済的にも十分、発展させてきた。しかし我々が成し得たことにより公害、教育などの社会的混乱が起こり、築き上げた社会が綻び始めている。

我々、団塊の世代が作り上げた工業化社会は、限界に達し崩壊が始まり、現在とは違った社会モデルが必要になってきているのではないか？

既存の考えでは、新しい日本を創設できない。国を作り変えられるのは、国民で、官僚を中心とした既存勢力ではない。

我々、団塊の世代がこれから、すべきこととは何か？

幸三は、これから変革される日本の社会構造の将来像を思い浮かべてみた。

ある経済学者は言う。工業化社会が限界に達すると、社会的弊害が現れてくる。そのままでは、経済は停滞してしまい、時代の変遷とともに美意識と倫理観が変化し、技術進歩も時代に即した多様化、情報化、省資源化、サステナブル社会に向けシフトし始めると。

我々が、築き上げた工業化は変革され今後、個人の知恵が値打ちを生み出す知価社会が必要であり、すでに、知価社会が始まってきているのではないか。日本の社会構造を変革し、パラダイムシフトを完成させ、一人一人が経済成長し、その蓄積が日本社会を変化させ日本国として創造的で革新的な日本を創生するとのではないかと結論づけた。

しかし、幸三は、何から始めていいのか、優先順序が分からなかった。

時間が経つにつれて、幸三は、深刻に自分の居場所のないことに気づき始めた。会社では、優秀な営業部長として存在感を放っていたが、退職した社会では、ただの無名な人間に過ぎなかった。新しいコミュニティでは、退職した会社の経験は、役には立たない、肩書きも、不要でかえって邪魔だった。「平岡さんのご主人は、大立工業の部長さんで、やり手だったそうよ」と近所の主婦が、話していたことを垣根越しに小耳に挟んだ事もあった。プライドのある幸三には、容易《たやす》く、同じ境遇の人々と交われるはずがなかった。我々、団塊の世代の中では、一人然としての生活は困難な残りの人生である。高校生から競争社会で、生き勝ち抜いた人生では、一人で物事を決め、一人で問題を解決するのが当たり前で、妻以外の他の人間に、相談などできるはずもなかった。

手伝いは余程の事でなければ不要で、自分だけで決定し行ってきた。

そう、一人で十分、一人で全てを行う。

退職して、会社という温かい、揺り籠から出てしまった幸三には、居場所はなかった。今さらに考えてみると、小さい頃の夢はなんであったのか？

早く死を迎え、彼岸に旅立った高岡は、目的を達成できず悶々としているうちに病魔に襲われ帰らぬ人となった。

幸三は、受験戦争を上手に勝利し、良い大学に入学し、日本の経済発展の波にうまく乗り切り、会社は発展し、日本経済の発展に寄与したことは間違いのない事実だ。しかし自分の潤いのあるはずの人生に、何が残されたのか？　と子供じみた、難題に頭を抱えてしまった。

人生の目的と、人生の価値とは、何か？

自分の人生を、満足感を持ち、幸福な人生だと、感じ実践し、叶える人は多くはないだろう。

モンテスキューは、幸福になりたいと思うことは簡単だが、他人を、実際以上に、幸福だと思ってしまうと、他人より幸せになることは難しいと言っている。

比べる物や人が、自分の評価価値を低下させる対象であれば、比較する対象ではない。

幸三は自分の価値観、価値基準をどう設定し生きてきたのかを、振り返ってみた。

価値基準は、小学生の時に、体験した楽しい経験や、中学生、高校生、大学生で学習した経験と知識が基準で、戦後の日本の時代背景が最低の基準だろう。価値観は、価値の基準から獲得した精神的自立と自律から判断される。価値基準が、曖昧で、しっかりした基準が確立していない場合は、比較する対象が身近な事象となり、比較することで幸福やあるいは不幸を感じてしまう。

人生の目的が、何であったか？

考えている内に、目的を達成するための手段が、目的になっていて、目的を設定できていなかったことに気づいた。

幸三が、幸福と感じることが多かった理由は、自分の心の中で、仕事そのものに楽しみや意義を感じていて、周囲からの承認ではなかった。

幸三は、楽観主義者であって、悲観論者ではないので、人生や、仕事はなるようにしかならないが、常になるように十分な努力はしてきた。

多くの動物の心臓の心拍数は、一生涯に15億回拍動するらしい。象は長生きで、ネズミは短命なのは、心拍数によると言われている。

未だ、幸三には、残された十分な時間がある。

幸三は居場所がないことを考えているうちに気がついた。それはプライドが高いため自分から退職後の新しい、コミュニティに声をかけられないのではないか？　また、新しい、コミュニティに入ったとしても、意見の相違で、自分の意見が反対され傷つくかもしれない。そんな恐怖心が自分の中にあるのかもしれない。あるいは、単に面倒なのかもしれない。

さらに、自分がどうありたいのか、これからどう生きたいのかのビジョンがないために、居場所がない可能性もある。

何のために行動するのかを意識することの重要性に気づいた。幸三は、出会いは無意味であると考えていたが、まずこれを受け入れることから始めることにした。

人生は、アリストテレスが言う誕生が始点で、死が終点と言う考えのなかで、終点がなく始点がない時間の流れが人生で、人生の最終目的である幸福を得るための過程を、人生とみなす考え方もある。

人は、死を目前にした時、お金や名誉、社会的な地位などは無価値に感じられる。他人から羨まれたとしても、その人が本当に幸せであったかは本人しか知り得ない。自分がやりたいことを追求し、それを幸福と感じる人こそが真に自由である。変われないと自分を縛り付けることで不自由な人生を送っている人もいるだろう。親の期待を背負い受験戦争を勝ち抜いた人は、要望に応えるために限界を超えてしまい精神を患うこともある。高度成長期では入社し定年まで勤務することが、人生ゲームの一番目のゴールであり、ゴールを達成することが目的であった。

退職後の2番目のゴールを設定すれば、居場所が見つかるはずだ……。そうすれば、新しいコミュニティなどを探しその中で目標を設定することが新しい居場所になる。あるいは、自宅にいて、妻との旅行や寺社散策、美術館巡りを楽しむことでもいいし、伴侶との充実した生活を送ることも目標になり得る。目標設定には、優劣はなく、自分らしく生き、個人の価値観で決定すれば良いのだ。もちろん、それでなんら、問題はない。自分自身が幸せと感じる人生を送れ、感じていれば幸福なのだから。

幸三は、恵子が自分の生活を謳歌しているので、関わりがない訳ではない。しかし恵子との共同で行う目標は、いつか一緒に考えたらいいと、自分で得心した。

シニア、介護、保育などのNPOやNPOサポートでは、現役時代の培った経験や技術を提供すれば社会に貢献できるであろうが、幸三には経験がない。

居場所を探すためには、新しい人生ゲームを見つけ、始めなければならない。人生を謳歌し、新しいプレーヤーとして生きるという意識を持つことで適度な緊張感が生まれ、張り合いが出てくると考えついた。

マインドフルネス！！　と言う考えがある。目の前のことに集中し、過去への後悔や未来への不安を抱かず今を生きるべきだ。

また、一歩を踏み出す勇気と、失敗を恐れない事が重要である。ミスをしたら、ミスは単に成功のコストと捉え修正すればよい。ただそれだけのことである。個人が持つちっぽけな自信は、自己満足に過ぎない。

社会に役に立つという責任感は不要だ。やるべきことをやり、全うした人生は、充実し、満足できる人生と言える。

幸三が、かつて不幸な人生と決めつけた友人の高岡の死は不幸ではなかったと感じられるようになった。

幸三は、これまでの人生を自分で考え、自分の思い通りに生きてきた。目標がなかったのではなく、仕事そのものが人生の目標であったと気づいた。

幸三は政治家ではないが、新しい居場所を見つけるため、日本の将来の理想的な国家創成を目指し、小さい頃に描いた日本の理想的な国家を実現するために、国政を監視するオンブズマンを立ち上げる準備を開始した。

なるほど、日本でのオンブズマン的な組織を調べてみると、行政評価局、市民オンブズマン団体、会計検査院などが存在していたが、国政全体を完全に監視する統一的な制度は存在していなかった。

「現在の日本の進むべき方向性が修正される必要があるのであれば、行政の透明性と市民の権利保護を目的とする監視機関が必要で、なおかつ求められる」幸三は、考えた。彼は、日本においてオンブズマン組織を設立した。新しいオンブズマン組織は、独立性と中立性を確保しつつ、高い透明性とアクセスの容易さと、多様な専門知識とテクノロジーを活用しプロアクティブに社会問題に対処することが求められる。さらに市民教育や国際基準との整合性を重視し、継続的な評価と改善を行うことで、持続可能で信頼される組織として機能する必要があると結論づけた。国民のために国民によって国民が運営する理想の国家を作り上げるために行動し、実行することで、自分の新しい居場所を見つけられると確信した。

居場所は、与えられるものではない。

終章

あれから、20年が経過した。

長い沈黙の後に、まだ温かみが残る幸三の手をしっかり握り締め、美紀が涙声で、白髪混じりの髪と、無数の深い皺が刻まれた顔を見つめながら、そっと耳元で囁いた。

「お父さんありがとう。長い人生をお母さんと一緒によく頑張ってくれたね。お母さんは、すでに先に行って、お父さんを待っているよ。美紀たちは、我儘を通し続けて、心配ばかりかけてごめんなさい。必ずお母さんに伝えてね。

美紀たちは、満点以上の両親のもとに生まれて本当に幸せだったよ。心からありがとう。ゆっくり休んで下さい……」

医師が、臨終を告げた。葬式は2日後に執り行われた。寝棺には、幸三が愛したコブシの花と、家族全員で行った数少ない旅行の写真が添えられた。コブシの花は幼少期を過ごした故郷に咲いていたものを、外交官となった優一が2日前に故郷に戻り、持ち帰ったものだった。

了

後書

現在、日本が独立国として、純粋に独立しているとは言い難い。三島由紀夫が夢見た、天皇を中心とした国家制度実現には無理がある。ただ、日本が成立して2682年目を迎え、これほど長期に歴史が刻まれている国家は世界に一例もなく、日本人として誇りと、自信を持って良いのではないか？　日本の歴史は、学校の歴史授業の中では、それは、控えめに小さく語られ、日本国民としての自信や、誇りが持てず、また、日本国の独立性に疑問を抱く個人は少ない。

書籍によっては、日本が世界に果たした重要で、十分な国家貢献が無視され、歪曲されて卑屈な悪の国家として悪く取り扱われ、本来の日本とは全くかけ離れた間違った国家像として描かれている。

いつの時代でも、悪人はいる。

彼らは、自身の利益のため、自身と国民を裏切り、善人然として自分に恥じる事なく平然と生きている。

ある者は、他国から雇われ、あるいは自分から身を投じ使われ人となり、日本国を売国している。あるいは日本人として振る舞う者もいる。

日本国は、多民族国家であることは、日本人の顔を見れば容易に理解できる。さらに日本人の特徴である、YAP遺伝子は縄文人特有の遺伝子と考えられ男性の約40%に認められる。在住外国人は、日本で生活し、国籍をとり、3世代目になると、立派な日本人になるが、日本の国籍を取得している以上、日本が、脅威に曝され他国から、侵略されそうな時は、日本人として、愛国心を持ち日本国のために、敢然として立ち向かう義務と責任がある事を自覚しなければならない。

現在の、日本の基本構造は、戦後20年前後に、官僚主導で策定された。東京を中心に政治、経済、情報など日本国に必要な機能を1極に集中させ、企業は、正社員中心の労働形態で、人生を規格化し、就労させ、貯蓄しマイホームを購入させ小家族化の生活を推奨した。団塊の世代を含め、美しい日本を創生しようと努力した人々の理想の日本は今、何処に存在するというのか？　個人的幸せの意味と死生観は、小説に書き留めたが、社会的幸福も両立させなければならないのだ。

社会的幸福とは、社会は個人の幸せの集合体であるため、社会全体が安定化することが条件となる。その条件として、社会的平等と公平が不可欠で、社会の全ての人々が、教育、医療、雇用などに平等にアクセスできる機会が保障されていることが、求められる。不平等や差別がなく、公平なシステムが機能し利用できる事が必要で重要だ。最近の流行語に「絆」という言葉が存在するが、強いコミュニティの「絆」や、助け合いの精神が社会に根付いていることで、家族や友人だけでなく、地域社会や職場とのつながりがある事で、安心感や満足感を感じられる事も重要である。また、個人の安全と治安の確保も重要で、犯罪や暴力のない社会は、安心して生活できる社会環境となる。信頼できる社会制度があると、心の平穏が得られ、社会全体の幸福感が向上する。我々が、戦前、戦後望んだ、日本国土の環境破壊のない計画された自然環境が守られ、清潔で健康的な生活、居住ができる環境が整っていなければならない。サステナブル、SDGsの目標を掲げ、物質的な豊かさだけでなく、精神的な豊かさとしての文化や芸術、精神的な充実も重要である。文化活動や教育が発展し、人々が多様な価値観を共有できる社会文化活動や教育が発展し、政府が、透明性を持ち、国民が政治に信頼を寄せ、安心して生活できる環境が最低限必要である。

　而して我々、団塊の世代だけではなく、次世代が希望と夢を持ち、希望が実現できる教育の充実や雇用の安定があり、若者が自然と政治に関心を持ち参加し、前向きに未来像を描ける環境が整っている社会は、分断社会とならず持続的な幸福感を育み、日本国を豊かに醸成させる事が可能である。そのためには、我々が望む、理想的な政治家を育てる必要がある。政治家の条件は、第1に、日本国に愛情を持って政治を行う事が、最重要である。

例えば、オリンピックなどの国際的な競技で、日本人が優勝すれば嬉しく思う気持ちが愛国心で、愛国心を持たない政治家はそれだけで政治家としての資格はない。第2に日本国と、日本人の事を常に考え対応する事も必要条件である。政治家は誠実で透明性があり、市民に対して正直、かつ公平、誠実に行動することが最低限必要で、情報の隠蔽や裏取引、裏金作りは絶対にあってはならない。さらに、新しい国家創成のため、新しく政治家を目指す世代が包括的、グローバルな長期的視野を有し、市民の声を誠実に聞く謙虚な姿勢と、国民に有益な国策を立案ができ、反映させる能力がなければならない。必要であれば、政治家としての倫理観や最低限の法律が理解できているかを確認する国家資格制度も法整備しなければならない。

そのような政治家を、国民が育てる環境を作り、倫理観、リーダーシップ、コミュニケーション能力があり、社会全体が政治への参加と理解を深め、日本国民が高い国家観を持つ政治家を育てなければならない。

団塊の世代は、各世代と綿密かつ後継の世代に寄り添ったコミュニケーションを取り、協力し、日本国が世界の盟主の地位を堅持しつつ世界のリーダーとして活躍し繁栄することを切に希望する。

令和7年4月3日

阿弥阿礼 (あみの あれい)

〈著者紹介〉
阿弥阿礼（あみの あれい）
小説家、医師。1953 年生

居場所《いばしょ》がない団塊世代《だんかいせだい》のあなた方《がた》に

2025年3月24日　第1刷発行

著　者　　阿弥阿礼
発行人　　久保田貴幸

発行元　　株式会社 幻冬舎メディアコンサルティング
〒151-0051　東京都渋谷区千駄ヶ谷4-9-7
電話　03-5411-6440（編集）

発売元　　株式会社 幻冬舎
〒151-0051　東京都渋谷区千駄ヶ谷4-9-7
電話　03-5411-6222（営業）

印刷・製本　中央精版印刷株式会社
装　丁　　弓田和則

検印廃止

Printed in Japan
ISBN 978-4-344-69263-3 C0093
幻冬舎メディアコンサルティングＨＰ
https://www.gentosha-mc.com/